飛小說。
We Love Easyfly.

少女騎士の薔薇殿下

夏憐歌

薔薇帝國學院的儲君之一——彼方．蘭薩特座下的騎士。意志跟適應力都如雜草般強韌。怕麻煩，不喜歡暴露於人前，可是一旦碰到在意的事情就會不由自主的追根刨柢。在不明就裡當上蘭薩特的騎士之後總是與他作對。兄控，一談到哥哥夏招夜辨別能力會迅速下降。吐槽役。

彼方・蘭薩特

薔薇帝國學院的儲君之一，蘭薩特家族的獨子。
超出人類極限的自戀，有事沒事就會炫耀一下自己的美貌。傲嬌。相當喜歡捉弄夏憐歌。
跟十秋朔月是青梅竹馬，對他很好。

愛麗絲

薔薇帝國學院的普通學生，愛慕著蒲賽里德。
被人殺死後成為怨靈，襲擊所有靠近蒲賽里德的女生。

Alice and the Rabbit Doll.

Episode One

愛麗絲與懷中人偶之祭

Alice and the Rabbit Doll.

Episode One

愛麗絲與櫝中人偶之祭

00

楔子

A Preamble

靠近歐洲大陸西北部海岸，隔著北海、多佛爾海峽和英吉利海峽與歐洲大陸相望的島國，被稱為新英倫，建立在主要領土外海、但仍屬於新英倫領土的群島——奧克尼群島上的貴族都市是全球最大的學院，被稱為「新英倫上的亞特蘭提斯」。

它的建校歷史已經長達一百零七年，一直以來只接受貴族或者擁有優良基因的混血兒在此定居。不過，近年來也開始批准業績卓越的普通人——如技術高端的科技人員或經濟實力強大的企業家申請移民，以及允許擁有成為此等優秀人才潛力的普通學生入讀。其學院規模之龐大與優越的科技設施可媲美一個首級大城市，並且有自己完善的經濟體系，因此這所學院也被稱為The Empire of Rose。

這就是有幸通過高難度入學考試的我將要入讀的超級貴族學校——薔薇帝國學院。

01

閣下✢契請書✢厄運啟示錄

「……你是不是有被戀妄想症啊？為什麼我不小心撞到你，你就非要當我是搭訕！」

「怎麼，剛才妳不是有一剎那看我看得出了神嗎？」

A Revelation of Misfortunes.

是難得的萬里晴空。

夏憐歌正在甲板上伸著懶腰感受著和煦陽光的安撫。因為有輕微的暈船症狀，待在房間裡會讓她覺得更鬱悶，所以乾脆一個人跑到這裡吹鹹腥的海風。

前方小丑滑稽的表演剛剛好告一段落，夏憐歌敷衍的拍了幾下手迎接即將上場的吹奏樂隊，隨即又將目光投到一望無涯的大海上。

這艘可以搭乘六千四百名乘客，排水量達到十五點八萬噸的超豪華郵輪——「蘭斯迪爾號」，是薔薇帝國學院接載新生到學院的專用郵輪。

這艘郵輪的設施全部都是國際星級標準。從圖書館、購物中心到可衝浪的大型水池、小型高爾夫球場、還有露天泳池和溜冰場，只要想得到的設施，這裡幾乎一應俱全。為了配合不同國籍的學生，船上甚至還配置了至少十種不同風味的餐廳和格調各異的套房。

剛登船的時候，夏憐歌就已經為「蘭斯迪爾號」恢弘的外觀和豪華的裝潢驚嘆不已，打定了主意要在抵達學院之前，在這艘超級豪華的郵輪上吃喝玩樂個夠。

但事情好像並非她想的那麼好。

「抱歉，妳持有的紅水晶徽章，不能使用這邊的設施。」

本來她想放下行李後就馬上到設施豪華的地方參觀的，但幾乎都被服務生和管理人員用這樣的話打發離開。

薔薇帝國學院的入學通知書是以徽章形式頒發的，所以要證明自己是學院的學生，只要出示徽章就可以，但是船上不少遊樂項目和設備的使用好像都有規定級別。

「誒？為什麼？不是學生就可以使用的嗎？」

「抱歉，要藍鑽級別的徽章才可以。」

聽到這種話的夏憐歌，只能悻悻的到甲板上看小丑和欣賞露天吹奏樂隊的表演打發時光。

「喂喂，妳看，那邊那個學生的制服是黑色和白色的耶。」站在她旁邊的兩個女生用一臉憧憬的表情望向前方，緊緊的靠在一起竊竊私語。

因為夏憐歌和她們一樣，穿著的是暗紅色帶有白邊的校服，所以她也因為這句話而跟著好奇的觀望起來。

那邊的女生又發出豔羨的感嘆：「不知道為什麼，總覺得看起來高級很多耶。」

……哪裡啊，明明紅色比較好看！

夏憐歌賭氣般的拉了拉自己的衣角，再抬頭看向對面學生的制服時，卻還是忍不住投去了一絲羡慕的目光。

坐在離少女們十來公尺遠的看臺上的，是個穿黑色鑲著銀邊制服的女生。旁邊站著的男生是白色制服，領邊和袖口是帶藍色的鑲邊。奇怪的是餐桌的旁邊明明還有座位，可那男生也不坐下，站在女生的身後一副等候差遣的樣子。

「可能是支配者之類的，所以制服不同吧。」

「『支配者』是什麼？」

「咦——妳都不看入學通知書裡附帶的學院介紹手冊嗎？就是擁有『優良基因』的人啦！類似、類似有錢人家的孩子什麼的……」

「笨蛋！這跟有沒有優良基因沒關係啦！」

聽著那邊兩個女生的對話，夏憐歌也一下子想起來了。

的確，她收到的學院介紹手冊裡，確實是有說過入讀這所學院的學生全都被分為「支配者」、「騎士」、「普通生」這幾個等級，但具體為什麼要這樣子分配，卻是簡單的以「因學生的資質而定」一句話帶過。

這樣想著，夏憐歌看了眼拿著托盤朝那名少女畢恭畢敬的走過去的服務生，又想起自己剛才想要去使用各種豪華設施卻被一臉冷淡的服務人員打發掉的場景，不禁在心裡感嘆世間的不公平。

而就在服務生將橘黃色的Menu朝那穿著黑色制服的女生遞過去的時候，她只是稍稍的笑了一下，舉起右手的食指憑空一點，那張Menu彷彿是被看不見的鋼絲吊著一般，自動的離開服務生的雙手，懸在了少女的面前！

誒誒?那個女生是魔術師嗎!?

這邊幾個人全部嚇了一跳，夏憐歌也差點激動的跳了起來。原本夏憐歌還以為看到這個場景的服務生也會不知所措的往後踉蹌幾步，誰知他似乎是習以為常了，雙手垂下交疊在身前，臉上仍舊掛著商業性的微笑。

怎……怎麼回事——

身旁的女生一下子驚喜的叫了起來，語氣裡有著難掩的興奮：「起初我還以為那只是個吸引學生就讀的噱頭而已呢，沒想到這所學院真的有接收一些擁有奇怪能力的學生啊！」

……接收擁有奇怪能力的學生？

句子裡的關鍵字再次激起夏憐歌的回憶。其實她在決定入讀薔薇帝國學院之後，也曾搜索了一下關於這座學院的一些資料。

據說是曾經有相當了得的調查組織在他們的官方網頁上列出了在這所學院中一些擁有特殊能力的學生學籍，這些學生可以隔空取物或者高空浮遊落下，而「新英倫上的亞特蘭提斯」之稱，也正隱喻了居住在這所學院裡的人，大都和傳說中的亞特蘭提斯人一樣，擁有各種令人匪夷所思的力量。當時，這些小道消息還曾在世界各地引起過轟動，但因為學院本身沒有做出正面回覆而不了了之。

她原本還將這些傳言當作飯後閒談一笑置之，然而現在這種奇異的事情居然真的發生在自己眼前！

難不成，剛才那兩個女生所說的擁有「優良基因」的人，就是指這些可以使用奇怪能力的學生嗎？

就在這時，對面穿黑色制服的女生彷彿察覺到她們鬼鬼祟祟的目光，視線瞬即轉了過來。在打量了她們與夏憐歌兩秒後，黑制服女生扯著嘴角露出一個像是鄙夷的微笑，然後如同看見骯髒的東西一般高傲的別開目光。

「——什麼嘛！那女人，一副不屑的表情噢！」

「就是啊！那什麼眼神嘛，真讓人生氣！」

身旁的女生們立即惱火的嚷出了聲。

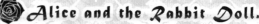

躺著中槍的夏憐歌也感到惱火，雖然知道這裡的千金大小姐、大少爺很多，但沒想到這麼快就要受人白眼！

可惡，什麼「優良基因」！

果然制服就是用來劃分有錢人和沒錢人的嗎！

她氣憤的幾乎張牙舞爪起來，絲毫沒有注意到自己站在走道上，結果在要轉身的時候猛的撞上了什麼。步伐踉蹌的她差點撞到船舷上，卻被身後的手穩住了肩膀。

嚇了一跳的夏憐歌瞬即把火氣拋諸九霄雲外，慌慌張張的回頭道歉：「對……對不起！」立在她身後的是個穿著黑色制服的少年。首先映入夏憐歌眼簾的是對方那驚為天人的漂亮容貌。她當場失禮的愣住。

少年的頭髮是顯眼的紅色，而雙瞳是妖異的金綠色，如上好的綠寶石閃耀出清冷卻柔和的光。仔細一看，他的左耳上還戴著一個銀白色的十字架耳環。

夏憐歌想到現在自己也算半個身子靠在他懷裡，幸福感頓時洶湧澎湃，如果要配合上臺詞，這個時候就應該尖叫「王子殿下啊啊啊」。

然而在下一秒，夏憐歌的眼角餘光掃到趴在美少年肩頭的約三十公分長的冷血爬蟲類──牠全身布滿鋸齒狀的鱗片和因為呼吸而伸展著的皮褶──結果夏憐歌的尖叫就變成「……蛇啊啊啊啊」，然後立刻離開王子殿下的懷抱，彈開了幾丈遠。

看見她那慌張模樣的少年頓時失笑。

他盯著一臉緊張的夏憐歌，挑高一側眉頭，並輕輕撫摸著肩頭的寵物，「什麼啊，那捷爾是蜥蜴，蜥蜴！很溫馴的。」

「是嗎……」不管是蛇還是蜥蜴，夏憐歌都覺得一樣嚇人。

她盯著牠看了好一陣之後，覺得牠確實是一副毫無要攻擊的慵懶姿態，才稍微有點信服的樣子。

不過緩了口氣後，夏憐歌卻開始在心裡嘮叨，擁有這般惑人心神臉龐的美少年，一般出場的設定理應配置白馬，蜥蜴這種東西，一點也不符合少女情懷美學。

正這麼想著的時候，少年那身顯眼的黑色制服又一瞬吸引了夏憐歌的目光。她愣了一下，木然的脫口而出：「啊，黑色的。」

並且，與其他穿黑色制服的學生不同，少年的制服領口處還用紅寶石點綴出一朵非常精緻的薔薇形狀。

看著夏憐歌那樣子熱烈的眼神，少年下意識的低頭看了一下自己的著裝，才領會了她的意思，「妳說制服啊？」

「是啊。不過其實我更想知道，為什麼新生的制服是不同的？跟學生的身分有關嗎？」夏憐歌順水推舟的問道。

「是啊，因為學校的制度規定就是這樣呢。」對方這麼回答。

「制度規定？」

「嗯，應該也算是傳統。」少年露出微笑，爽利的點了點頭。夏憐歌頓時覺得暈船感煙消雲散。

「你們應該是通過考試進來的吧？」他看了一眼夏憐歌身上的制服，抬手撓了撓頭髮，問道：「看來，發給普通生的學院介紹手冊果然不夠全面呢。這所學院裡還有一部分學生是強制規定入學的，這個妳知道嗎？」

記憶裡一些沉澱的微塵被這一句話激起，夏憐歌愣了一下，於是默默的頷首。

確實是如他所說，她是拚命努力了好幾年才爭取到這所學院的入學資格。其實這種學校根本不是自己該來的，但夏憐歌覺得為了找到哥哥非要來這裡不可。

哥哥夏招夜是在某年的夏季收到薔薇帝國學院的強制入學通知書的，並離開家人遠赴新英倫這座名聞世界、座落於大西洋離島、甚至有著「新英倫亞特蘭提斯」之稱的豪華學院——The Empire of Rose。

然而，夏招夜卻在兩年前於這所學院裡失蹤了，從此音信全無。

夏憐歌就是為了要找到失蹤了兩年的哥哥，才這麼拚命的想要進入薔薇帝國學院。

想到這裡，夏憐歌不由得捏緊了掛在頸間的六芒星項鍊，那是哥哥唯一留給自己的東西。

少年還想繼續跟她解釋的時候，旁邊驟然傳來了腳步聲，還有禮貌得讓人不自在的聲音。

「您在這裡啊，莫西大人，閣下他們在找您呢。」

「啊啊，我都忘記了。我馬上就過去。」帶著蜥蜴的少年像突然想起什麼似的拍了下腦袋，有些輕佻的回答。然後他把視線又轉回到了夏憐歌身上，「那麼，我先走了。『蘭斯迪爾號』要到明早九點才會抵達新英倫，為了不讓船上的時光顯得枯燥，今晚這裡會舉辦『海上嘉年華』哦。」

說罷，把手舉到額角做了個道別的手勢，叫莫西的美少年便隨著那位穿著筆挺西裝、戴著墨鏡的可疑中年人轉身離開了甲板。

簡直就是非常了不起的人物嘛！夏憐歌在心裡暗暗驚嘆，但一想到他剛才所說的夜晚舉行的「海上嘉年華」，原本糟糕的心情也不免開始迅速的好了起來。

◇　◇　◇

就這樣，寄託著眾人期待的夜晚伴隨著散發出柔和光輝的弦月漸漸降臨了。

這個時候，臨近露天泳池的甲板上已經被裝飾的燈火通明。炫彩的氣球、豪華的自助餐，和堆疊成壯觀形狀的杯塔，搭配上婉約的音樂，讓人感覺到奢華。

雖然這個宴會十分美好，但夏憐歌完全沒能融入，只是待在一旁自助吧喝喝飲料跟享用精美又豪華的美食，或者聽聽旁邊路人甲乙丙的談話——

「聽說今晚儲君也會來哦。」

「啊啊！不是吧，蘭薩特閣下跟十秋閣下會來嗎？好期待啊！」

「這麼說蒲賽里德大人也會來了耶！怎麼辦，要是碰上了一定要上去說話哦！」

……儲君？

學院介紹手冊對「儲君」的描述除了名字之外，並沒有花太多筆墨，夏憐歌對他們的瞭解更多是來自於外界的傳聞——

薔薇帝國學院的管理制度跟一般學校有著相當大的詫異。它是由島上的兩大家族——蘭薩特家族與十秋家族管理著的。與其說管理，不如說有點家族統治成分。兩個家族各有一位繼承人，他們都是就讀於這所學院的學生，這兩位將在不久的將來擁有這座豪華學院管理權的人，就被稱為「儲君」。

不過像這種身分的人，夏憐歌料想自己也只能在他們迎接新生的時候遠遠的見上一面而已吧。

她擰著裝可樂的玻璃杯攪動著裡面的冰塊，原本對「海上嘉年華」的期待也因自己無法融入宴會氣氛而逐漸冷卻了，於是她打算一喝完就回房間睡覺，畢竟船在明早九點鐘就會抵達學校，整理宿舍啊、辦理手續啊什麼的一定會讓她忙得頭暈腦脹的。

結果在她剛離開的剎那，也不知道是鬼使神差還是什麼，她才剛退了一步，轉身就馬上跟迎面走來的人撞了個滿懷，更難堪的是，她手中的可樂朝著對方身上潑去。

在心裡哀號著「今天已經是第二次撞到人了啊混蛋」的夏憐歌，連連道歉。雖然她不知道這道歉到底能不能平息對方的怒火……

「對、對不……」

結果在抬眼看見身前的少年時，夏憐歌的話卻梗在了一半。眼前之人是位擁有驚人美貌的少年，他柚木綠色的眼眸帶著冷漠，沒有紮起來的淺金色長髮垂到肩胛。

一剎那失了神的夏憐歌心想：簡直、簡直就猶如夢境裡的神祇一般啊……

然而下一秒，頭頂卻傳來了少年傲慢得直想讓人一個巴掌搧過去的話語——

「就算想跟我搭訕想到不能自抑，也不至於做到這地步吧，普通生！」

夏憐歌之前那美麗的幻想與期盼，從數百公尺高空直墜到無底懸崖，乾脆俐落的摔了個粉身碎骨。

「……你說誰想跟你搭訕想到不能自抑啊！」

「不然妳以為我這樣的美貌，是妳那種草芥般廉價的目光能看的嗎？普通生。」

這、這人——

「我不是故意的。誰會為了搭訕做這種事情啊！」

對方擰起滴著可樂的制服袖角，「妳不是已經付諸行動了嗎？普通生。還是說我要理解成，因為妳見到我的容貌後覺得無地自容，所以用可樂潑我並妄想這能夠對我造成精神打擊，以此來平衡一下妳那可憐的嫉妒心？」

……這傢伙……

「你是不是有被戀妄想症啊？為什麼不小心撞到你，你就非要當我是搭訕！」

「那麼就真的是無地自容嗎？剛才不是有一剎那看我看得出了神嗎？」

……雖然你說的是事實！

夏憐歌在腦海裡承認了後半句，口頭上卻繼續逞強：「我究竟為什麼要因為一個男生的臉無地自容啊！」

「就是因為連一個男生萬分之一的美貌都不如才更加無地自容吧？」

如果自戀也是種才能的話，眼前這個人絕對可以創造世界。被對方激怒的夏憐歌事到如今已經忘記「自己有錯在先」了，毫不客氣的頂撞回去：「臉長得漂亮點而已，用得著這樣嗎你！」

對方似乎立刻被這句話激怒了：「而已？妳說只是『漂亮點而已』？那麼妳那張臉簡直就可以說是讓人生無可戀了！」

真是夠了！

「……算什麼啊！你這個自戀狂！」

震天價響的一吼，全場的喧囂頓即冷卻，所有視線都集中了過來。到這地步，夏憐歌甚至覺得潑可樂實在太便宜他了，應該潑硫酸或者硝化甘油什麼的。

「雖然我覺得妳吼得很對，我也認為這傢伙的自戀已經無可救藥，但我還是好心奉勸妳一句，別以卵擊石，普通生。」

夏憐歌這才注意到在自戀狂旁邊，還站著另外一位一身黑色調的漂亮少年。

融入了夜色的短碎髮在月光下閃耀出曖昧不清的光澤。黑木般的眼瞳在厚重的鏡片之後詭異的半瞇起來，似乎是因為角度問題，少年的右眼偶爾會跳躍出如狐火般清冽的綠光，有著一種惑人心弦的魅力。

這個時候馬上人聲鼎沸起來──

「是儲君……！」

「蘭薩特閣下跟十秋閣下……」

「真的耶──真的來了耶──」

……閣、閣下？

夏憐歌當頭被一雷擊劈中。這個自戀狂是這所學院裡至高無上的儲君！？不、不是吧……

就在這個時候，不知道從哪裡湧出來了幾個穿著白色制服的學生。

「蘭、蘭薩特閣下，讓您困擾了，這個新生我們會處理的。」

什……什麼處理！為什麼聽起來好像是要進拷問室或者刑房的樣子，搞什麼啊！

但是，被稱為蘭薩特的少年卻淡淡的回應了句：「我自己處理就可以。」

聽見這話的夏憐歌頓時不知該喜還是該悲，她根本就沒想到招惹上了這樣的人。要是這人一個火大想不開，補充一句「到直布羅陀海峽的時候，扔她下去」的話，那她的人生就到此為止了啊！

但這個時候向自戀狂低頭的話，夏憐歌又覺得有辱自己的尊嚴。

「……別以為你是儲君我就怕你了。沒什麼了不起的！」

叫十秋的美少年似乎看出了夏憐歌的處境難堪，露出了點於心不忍的神色。夏憐歌心想如果這個人開口勸阻，說不定自己就能脫離這個走投無路的境地。

「算了，彼方，不就是個普通生嗎？」十秋用手按住蘭薩特的肩膀，另外的手指向夏憐歌，用一副嚴肅又認真的口氣這麼說道：「而且她看起來就是一副蠢得要死的樣子，你跟她計較什麼啊。」

麻煩你在助人為樂的同時，顧忌一下別踐踏到別人的自尊心好嗎！

夏憐歌在心裡吶喊起來。

現在的她確實生出一點後悔莫及的心理，甚至打算慌不擇路的逃跑了再說，但落荒而逃實在是太沒尊嚴了！

雖然尊嚴在這個情況下沒有什麼用處……

所以還是走為上計！

夏憐歌瞬間毫不猶豫的轉身就想離開，但命運之神卻偏偏喜歡在這樣的緊要關頭愚弄人。這時候，夏憐歌突然聽見蘭薩特那句「我本來就沒打算計較……」，結果她還沒來得及感受那份「從惡魔手中脫逃了」般的欣喜若狂，便猛的一個腳底打滑，視線傾斜，往後倒去——

……不、不是吧！

就這樣，逃跑不遂的夏憐歌反而在眾目睽睽之下驚悚的慘叫著，並以「大」字形摔進了泳池。像是被扔下油鍋的天婦羅，嘩啦啦的濺起大片水花。

水灌進了氣管，一個勁的將頭冒出水面、大口呼吸卻被嗆得咳嗽連連的夏憐歌，那個狼狽樣子顯然已經夠她難堪的了，偏偏岸上的蘭薩特還要絲毫不留情面的給她那已經遍體鱗傷的自尊心致命一擊——

「哎呀，哎呀，哎呀……真是六月債，還得快，現眼報嗎？」

被浸濕了的瀏海貼到了臉上，眼睛因為進水而有著痠澀的刺痛感，但她就算顧不上體面，也絕對不在口頭上認輸！

夏憐歌朝岸上的蘭薩特露出嘲諷的神色，「看見女生掉到水裡卻無動於衷，連伸手援助的覺悟都沒有，這就是你的風度嗎，蘭薩特閣下？」

因為她的反擊而愣了一下的蘭薩特，就這麼直直的俯瞰著夏憐歌。不久後，他緩和了口吻，卻是無比冷淡的問道：「……那麼，妳的意思是，請求我拉妳一把嗎？」

這樣的反問簡直是廢話——

「那當然啊！」夏憐歌吼道。

聽見夏憐歌這句話的蘭薩特脣角露出了笑容，他在泳池的邊緣俯下身子，勉為其難的伸出手。在夏憐歌的指腹碰觸到他指尖的時候，蘭薩特在陰影下的眸光微黯，用著倨傲的語調這麼說——

「能讓我彼方・蘭薩特紆尊降貴來牽妳的手，這是妳無比的榮幸。」

手臂被毫不猶豫的拉住，看上去明明就很纖弱的少年，不知道哪來的這麼大力氣。夏憐歌被拉上岸後稍稍緩了一口氣，被海風一吹突然覺得冷得哆嗦。這時，身旁的蘭薩特卻突然說道——

「那麼契約成立，我的騎士。讓我聽妳的誓言吧——」

……咦？

◇　◇　◇

為什麼會這樣？

校徽被替換了成海洋色澤的藍色寶石徽章。在「海上嘉年華」結束後，夏憐歌回到房間時，行李在沒得到她的同意下已經全部清空，並被畢恭畢敬的服務生請到了比之前的套房高級十倍的超級豪華套房。

制服還被強迫替換成了白色帶藍色鑲邊領袖的高級制服！

這……這到底是怎麼回事！

夏憐歌對眼下的狀況莫名其妙，甚至感到不安。

決定要弄清楚情況的夏憐歌在走出房間的時候，剛巧碰見了在甲板上遇到的那位帶著蜥蜴的美少年莫西，與之並肩而行的是位比他高出一個頭的少年。昏黃色燈光停靠在他深黑色的頭髮上，折射出了乳金色的光暈，淡紫色的瞳眸恍若深海，一眼望不出深淺。

「啊。」莫西察覺到夏憐歌的時候露出了爽朗的笑容。「剛巧要去找妳呢。」

「咦……找我？」

「對啊！在甲板見面的時候來不及自我介紹，我是你們一年級的輔導員莫西·塔塔……」

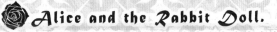

莫西的話音未落，夏憐歌立刻像被燙著了一樣跳了起來，震驚的指著莫西的臉，大喊出聲：「等……等等，為什麼你會是輔導員！？你看起來明明跟我差不多年紀啊！」

「……妳沒有看到我領口上的薔薇嗎？」像是突然被戳到痛處一樣，莫西皺著眉拉了拉自己的領子，「這是學院內教師專用的標誌。還有，雖然我的年齡確實跟妳差不多，但也請妳尊重一下我身為教師的身分。」

說著，他故意板起身子假咳了一聲。

夏憐歌幾乎在心底咆哮了起來，怎麼可能尊重得起來啊！這張娃娃臉怎麼看都不像是會讓人覺得可靠的類型好嗎！

站在莫西旁邊的少年彷彿看出了她的想法般，瞇著彎月般的眼發出輕浮的笑聲，「莫西可是學院內公認的天才少年教師呢，在預言學方面可是很有研究的唷。想當年我就是這樣子被一個比我還小一歲的傢伙帶到了二年級……」

「閉嘴！蒲賽里德！你再吵信不信我讓你這學期全科當掉！」一改剛才笑容滿面的模樣，

莫西像隻炸毛的貓一樣惡狠狠的瞪著那名少年，就連肩上的那捷爾也屏著氣息擺出一副即將發動攻擊的姿態。

「濫用私權是不好的，莫西老師。」特意在「老師」兩個字上咬了重音，名叫蒲賽里德的美麗少年舉起雙手做出投降的姿勢，然而臉上卻依舊是一副輕佻欠扁的表情。「況且你現在也不負責三年級。」

「你這混蛋！」莫西飛起一腳就往蒲賽里德的膝蓋掃過去，卻被他輕鬆的躲開。

蒲賽里德跳到一邊，抬起下巴尖指了指夏憐歌，笑嘻嘻的說道：「你可別把那邊的小羔羊忘記了唷。」

經他這麼一說才驀然想起自己的任務，莫西急急忙忙的收起拳腳，抬起手抵在脣邊再次輕咳了一聲，一臉不自然的看著對面的夏憐歌說道：「這次我來找妳呢……是因為閣下要求在抵達學院前要先處理好妳的事情，像是妳的騎士資格還有所有既定安排的更改手續之類的。」

「……等一下！給我等一下啊！」

原本腦子裡就一團糟的夏憐歌再次混亂了起來，「這又是怎麼回事？什麼更改手續？資格又是什麼？還有我莫名其妙被重新安排了房間是怎麼回事？居然連制服跟校徽都變了！到底在搞什麼鬼啊！」

不知在何時走近來的蒲賽里德輕輕笑出了聲，眼神盯著一臉困惑的夏憐歌。

「真是隻闖進虎穴還茫然不知的小羔羊呢。」說罷，他居然肆無忌憚的伸出手來撫上夏憐歌的臉頰。

……！

「……你！」被碰了一下頓時滿臉發燙的夏憐歌連連退了兩步。

她這個反應，反倒讓蒲賽里德露出興趣盎然的神色。

站在他身前的莫西，立刻用力給了他一個後手肘。

「在其他時間你要怎麼耍風流都不關我的事，蒲賽里德！但請你在接手做正經事情的時候收、斂、一、下。」

蒲賽里德露出了苦笑，淡紫色的眼眸卻暗含著一絲狡黠的意圖。

「好薄情啊，莫西老師。」他故意俯身在紅髮美少年的耳畔，用帶著哀嘆的魅惑口吻這麼說著：「你自己可以跟那捷爾朝夕相處，而寂寞如我，連那點兒樂趣你都要扼殺掉嗎？」

這……這個舉止輕佻不三不四的傢伙！夏憐歌在心裡大吼大叫。

「是不是被那些對你趨之若鶩卻慘遭你拋棄的女生罵膩了，想試試讓男生賞你耳光？」額上似乎露出隱隱約約的青筋，莫西轉身對蒲賽里德扯了扯僵硬的嘴角，並對著他作勢抬起手來。

蒲賽里德立刻換上了燦然的笑容，「別這樣，這自然是開玩笑的。別忘了我們還要指引這隻懵懂的小羔羊哦。」

……誰是懵懂的小羔羊啊？不要隨便幫人取噁心巴啦的暱稱啊！混蛋啊你這個混蛋！

夏憐歌在腦海裡開始追殺額頭寫著「花心大蘿蔔」的蒲賽里德。

「那個，妳必須要明白妳現在的身分，夏憐歌。」

「啊……是。」被莫西那忽然轉變成正經八百的口吻嚇了一跳，夏憐歌的回答也不自覺的變得嚴肅。

「因為從現在開始，妳已經不普通生，而是騎士了。」

02

✢騎士✢支配者✢無意義紛擾✢

「因為妳自己一頭撞上了攝影機而暈倒了，成為事故中唯一一個受傷的學生，妳著實應該檢討一下。」

「不過就算妳真的是被飛艇砸到，料想妳也不會就這麼死掉，畢竟紅顏薄命指的不是妳這種相貌。」

✢ A Nonsensical Turmoil. ✢

這所世界聞名，有著「新英倫亞特蘭提斯」之稱的薔薇帝國學院，是所實行著奇怪階級管理的學院。

居於所有人之上，將會成為學院管理者的繼承人的學生——是蘭薩特家族和十秋家族的兩位大少爺，他們在學院內是被稱為「儲君」的學生。

除了兩位儲君外，其他學生都會被分為「支配者」、「騎士」和「普通生」。

並且，這所學院是為了控制世界上擁有特殊能力者而建立的學院。

所謂的特殊能力，便是Extrasensory Perception（超心理現象能力），也就是平常所說的超能力。

黑色制服的「支配者」是持藍鑽徽章、被強制入學、並且在入學時就已經內定的擁有卓越才能和ESP能力的學生，享有學院的特殊權利，能夠加入學生會參與學院管理工作，被允許擁有騎士。

「騎士」的制服則是帶藍邊的白色制服，是與支配者結下契約協議的人。契約成立的前提是學院學生向支配者提出請求並被其接受。只要支配者完成了請求者所要求的事情，請求幫助的學生必須在一定的期限內成為支配者的騎士予以償還。

成為「騎士」後將持有「殿騎士聯盟」的身分徽章，並可以享有與普通生不同的待遇與權利。所以，即使是被契約束縛，也有很多學生為了得到特別的騎士待遇而特意去成為支配者的騎士。騎士被允許以輔助形式參與學院管理工作。所有騎士必須由學院的「殿騎士聯盟」任命，並歸其管理，但不受「殿騎士聯盟」的權力支配。

而帶白邊的暗紅色制服則是「普通生」，是持紅水晶徽章入學的學生，ESP資質一般，有的甚至只是普通人，既不是支配者也沒有契約的學生，騎士的契約期限一到便可恢復成普通生的身分。普通生不允許擁有騎士，只允許與支配者契約成為騎士。

「給我等一下——！」

夏憐歌以一副完全無法面對現實的姿態從沙發上狂跳起來。

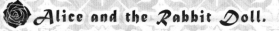

「你……你的意思是，剛才掉進泳池裡叫那個自戀狂拉我上去，也算是騎士的請求嗎？」

「對。」

美少年輔導員一個單音，把夏憐歌的理智轟殺成渣。

蒲賽里德把纖細的指尖抵在脣角，聲音帶著稍微的沙啞卻魅力超然：「與普通的騎士不同，是更加光榮的、專屬於儲君——蘭薩特閣下的騎士哦。」

夏憐歌在腦裡進行自動翻譯：蘭薩特＝自戀狂，騎士＝任憑差遣。

蘭薩特閣下專屬的騎士＝任憑自戀狂差遣（到死為止）。

「光榮個屁——！」

夏憐歌差點沒連杯帶碟的把面前那張水晶茶桌掀了。

「這麼重要的規定，為什麼學院介紹手冊裡卻完全沒有提到！？」

「呃，普通生的話，這些事情都是要等你們到了學校才說明的。」

莫西的話音剛落，夏憐歌就立刻想到了先前她所看到的那位可以隔空取物的黑制服少女，以及恭敬立在她身旁的穿著白制服的男生。結合剛才莫西的說明，那個女生應該就是所謂的支配者了，而白制服少年則無疑是與她結下契約的騎士。

思緒運轉至此，夏憐歌當即一手指向莫西的鼻子，斂起眉不悅的提出質疑：「少來了！我之前明明在船上看到過有結成契約關係的人！如果普通生全都不知道這個制度的話，那他為什麼會向支配者提出契約要求啊！」

「因為支配者是知道這個制度的哦。」莫西並不對她無禮的舉動感到惱火，「如果支配者看中了哪個普通生，跟對方說明情況並要求他與自己結下契約，這也不是不行的。」

說到這，他又撫著下巴頓了一下。「唔，當然也有妳這種情況，普通生在無意間向支配者提出了請求……」

「……」夏憐歌一下子被噎到沒詞了，沉默了好幾秒才重新咆哮出聲，「好吧，就當你說的是真的——可是我那也算不上什麼『請求』吧？不就是讓那個自戀狂搭把手而已嗎！？要是知道會被當成奴隸一樣使喚，那麼別說掉進露天游泳池，就算是掉進油鍋我也不會讓那個自戀狂救我啊！」

「奴隸？」蒲賽里德像聽見低級字眼一樣狠狠的皺了眉頭。

「任憑一個人命令支配，不是奴隸是什麼！」

「真是隻沒教養的野貓。學院自古以來遵循的騎士制度，怎麼就容妳這樣貶低。」

蒲賽里德忽然散發出威勢逼人的低壓氣牆站了起來。夏憐歌心裡馬上冒出「糟糕了」的想法，不過為時已晚，對方踱了過來並雙手鎖住她的肩膀，然後把站起來抗議般呱呱大叫的她壓回沙發，臉湊了下來，食指指著她的眉心。

「就讓身為『殿騎士聯盟』管理者的我，教一教妳何為騎士的服從美學吧。」

夏憐歌絲毫不給面子的揮開他的手，抬起腿本來想往胯下送他一腳，結果被他輕易的躲開。最後，夏憐歌惱羞成怒的大叫了起來：「這種東西誰要學啊！滾開，騷擾狂！」

「唉呀唉呀，不要學著莫西老師那樣說話哦，會讓人不由自主的覺得好可愛。」蒲賽里德得意的笑著。

這邊的莫西正餵著那捷爾吃哈密瓜（喂……蜥蜴不是肉食的嗎？為什麼會吃哈密瓜？），雯時保持不住心平氣和的態度摔了叉子，「夠了！為什麼你這個萬年發情期的變態會覺得被人叫騷擾狂很快樂！」

「因為全學院就只有莫西會這樣反感我。」蒲賽里德乾脆連「老師」的敬稱都省去。

……這人的受歡迎程度可見一斑，並且很會勾搭，不過在夏憐歌看來，終究還是一個騷擾狂，而且有受虐傾向。

「……你這個變態。」

「……給我去死。」

兩人不約而同的露出一個看見噁心物的表情。

蒲賽里德這下子倒擺正了神色，邊優雅的喝著用里摩日瓷器盛上來的高級錫蘭紅茶，邊說：「如果妳拒絕成為騎士，就會立即被退學。」

夏憐歌馬上被熱茶燙到舌頭：「……咳、咳咳。退、退學？！怎……怎麼可能！」

蒲賽里德又勾起嘴角，露出了壞心眼的笑容。「契約已經成立，現在不肯接受騎士身分就是違逆契約，這可是要被退學的。」

「……我、我不要被退學！」夏憐歌大叫出聲。「只是因為掉進水裡被拉了一把就要對那個自戀狂言聽計從，我不服氣啊！感覺就像花大錢買了便宜貨一樣！」

「那麼，妳可以在到學院後找蘭薩特閣下協商一下。」莫西這麼說著。旁邊的侍者用鑲金的托盤呈上來一疊雪白的文件和簽署用的鋼筆、墨水、泥印還有精緻的鋼章。「現在要做的就是頒發騎士的資格給妳。」

擁有騎士資格，在學院內就可以獲得藍鑽級別的待遇。

制服和宿舍，比普通生高級十倍不止。

而且每個月都能領到騎士優待金。

雖然要被人差遣，但聽說有不少普通生為了這些待遇會主動去成為支配者的騎士。說沒有吸引力是騙人的。但夏憐歌更多的是抱著「事已至此，無可挽回」的心態，瀟瀟灑灑的在文件上簽了名。

而莫西和蒲賽里德臨走之前，交給她的是一個高級天鵝絨布面的紅色盒子，裡面裝的是所謂的「騎士資格證明」。很樸素的銀色戒指，一側鏤空雕刻著似乎有象徵意義的繁雜圖案。

夏憐歌把那東西捏在手中掂量著，心裡複雜得要緊。而且，明天才是真真正正的開始啊！

◇　◇　◇

這所學院有著宏偉的占地面積，是位於新英倫的奧克尼群島上、獨占著這整整一片離島建立起來的，正確點說，是一個有著自己經濟體系的海上帝國，這就是薔薇帝國學院。

島嶼的中央屹立著從海上就能看見的高大而古老的白色尖頂鐘樓，以此為中心，除了部分保留的森林保護區外，島上被劃分開東、南、西、北四個區域，並且在整個島上都有四通八達的地鐵和公車線路。

東面「都夏區」，是建築街道與企業商城全都齊備的繁華大都會。

南面「直海區」，因為是私人郵輪停泊的碼頭與海灘度假村，又被稱為「南港」。

西面「久原區」，是學生生活住宅區，內部還有按入學身分劃分得更加明細的區域。

北面「銀角區」，是教學實施區及學院行政重地。

學生從南港登陸後，要坐一個半小時的校車抵達「銀角區」，參加開學典禮。

因為突然換了King Size的大床反而整晚輾轉難眠的夏憐歌一直哈欠連連，在看見即將抵達的「銀角區」校門的時候，卻立刻被震撼到睡意全無。

雖然早就聽說過那是仿照凱旋門建起的校門，但親眼看見時還是覺得很誇張。

像她曾在照片中看過的真正的凱旋門一樣，是個高達五十公尺的拱門。拱門兩邊雕刻著各種細緻的浮雕。而從學院內部監控操作的黑色鐵花巨門，中心則鏤空成精美絕倫的薔薇形狀校徽。

駛過拱門後，是直達中心廣場、寬闊得幾乎能用來當飛機跑道的北角大道。

在駛進北角大道後不久，夏憐歌就看見五彩繽紛的氫氣球遮了半邊的天空，四周升騰起熱情的高呼。

「看啊看啊，還有飛艇。」

夏憐歌抬頭望去，是那種無人駕駛、巨型氣囊外面印著字和圖案的廣告懸浮飛艇，聽說是學校社團招收新社員的宣傳手段，比貼海報奏效得多了。

不過夏憐歌一點興致都沒有，身邊的人從剛才起就一直不停的竊竊私語，讓她聽得是一肚子的火。

尤其是坐在走道旁邊兩個穿著黑色制服的女生，看見夏憐歌往這邊看也絲毫不避忌，一副不屑的樣子故意提高音調讓當事人聽見——

「那邊，坐在那邊那個，就是她。」

夏憐歌心想：漠視好了。

「好像叫夏什麼的，看她那副表情。」

夏憐歌心想：關妳屁事啊！

「這女的居然當眾要求成為蘭薩特閣下的騎士，她哪裡配呢？」

夏憐歌心想：去妳的妳管我！

「我還以為長得多漂亮，原來是這副模樣，真是不知廉恥咧。」

夏憐歌這次想也不用想，直接暴青筋，勃然大怒的站起來，接著就去搶奪正在做開學典禮行程介紹的那位同學手上的麥克風，然後「嗡」的把音量調到最大——

「我又不是要嫁他！為啥我要長得跟那個自戀狂閣下般配！而且，妳們這些長得形同抽象派代表作品一般的臉還比我更加失禮啊！那種又跩又自戀到讓人想穿釘鞋踹兩腳的人，就妳們這些人稀罕吧，不要拿自己負無限大的眼光來侮辱我的審美觀！我跟妳們不一樣，我來這裡不是為了閒耗時間的！」

「嗡——」

車內頓時鴉雀無聲，每個人都煞白了一張臉。

那個佇在旁邊、被搶走了麥克風並嚇得滿面發白的同學結結巴巴的說道：「那個……」

夏憐歌氣喘吁吁，一把將麥克風還回去。「還你。」

「……不，我想告訴妳的是，這個廣播全島上的交通工具都能聽見的。」

轟！

後座裝飾著蒼蘭銀色徽章的儲君專用的車內——

在看開學典禮上要宣讀的演講稿的蘭薩特，本來正抱怨著廣播內每年開學都千篇一律的學院介紹內容，頓時卻聽到突如其來的、這麼一段出人意料的搶頻插播。

蘭薩特望著發出最後餘音的廣播。「……」

推了推架在漂亮鼻梁上的眼鏡，坐在旁邊開著PC打遊戲的十秋朔月露出事不關己的表情，「……她說『又跩又自戀到讓人想穿釘鞋踹兩腳』。」

捏著演講稿的手青筋暴起：「……莫西說她叫什麼名字來著？」

「夏憐歌啊。」

以下是全校性衛星電視直播——

夏憐歌在校車的移動頻道電視上看見彼方．蘭薩特的臉的時候，馬上就知道大事不好了！

「夏憐歌，妳現在，馬上下車。給我用走的！」

剛才還在聽做介紹的同學說「北角大道全長一千八百公尺」，下一秒夏憐歌就被扔下車感受它的恢弘與氣派。

開學典禮包括新生歡迎會、禮儀式和入學講座。

夏憐歌千辛萬苦的趕到典禮現場時，開學典禮已經舉行了一半。

長期缺乏鍛鍊讓她累得幾乎整個人都癱軟在地上，瀏海都被額上冒出的汗水濡溼了，一想到還要去參加鬧哄哄的新生歡迎會，夏憐歌的心裡就沒來由的排斥，想著還不如回去補眠算了。

正當夏憐歌捏著校徽病懨懨的到非人工服務訊問處前，打算領了島上地圖和住宅區鑰匙後就立刻閃人時，身後突然傳來了一把帶著笑意的男聲。

「這不是蘭薩特閣下那隻可愛的小羔羊嗎？怎麼一副落難公主的模樣呢？」

夏憐歌的手不易察覺的顫動了一下，一邊在心裡默唸「我什麼都沒看見什麼都沒看見」、一邊轉身就走，結果沒邁出兩步，蒲賽里德已經一臉笑吟吟的擋在了她的前面。

「……你想怎樣？」本來心情就不怎麼美麗，被他這麼一擋，夏憐歌心中更是無名火起。拚命的壓抑住自己想要揍人的衝動，夏憐歌斜睨著蒲賽里德冷笑了一聲。

還沒等蒲賽里德回話，他身旁立著的少年就對夏憐歌的反應挑了挑眉，饒有興趣的吹了聲口哨。

夏憐歌順著這聲音看過去，站在那邊的少年一頭乾脆俐落的短碎髮，眼角稍稍揚起，透著一股似有若無的野獸般的邪氣，右耳上戴著兩枚雕刻有方塊狀的貼耳耳環，腳上穿著一雙及膝的白色馬靴。

但就是這樣一個全身上下都散發出吊兒郎當氣息的人，上身制服的釦子卻仔仔細細的扣到了領子上，脖子上甚至還戴了一條壓根就不適合他的、看起來異常廉價的項鍊，奇怪的是項鍊的吊墜卻被他埋在了扣上的衣領裡。

少年抬起眼梢上下掃視了夏憐歌一眼，然後揚起嘴角，露出了意義不明的笑容，「挺有種的嘛，一個新生居然敢用這種態度對待殿騎士聯盟的管理者。」

說罷，他沒有收起自己那副流氓般的言行，就這樣直接朝她伸出了右手，「妳好呀，蘭薩特閣下座下的騎士。我是十秋閣下的騎士常清。」

十秋……？就是之前在「蘭斯迪爾號」上遇見的，一直和蘭薩特待在一塊的那位黑髮眼鏡美少年吧？

雖然一點也不想跟眼前這種看起來就是個危險人物的傢伙握手，但迫於他那如鷹般銳利眼神的壓力，夏憐歌還是硬著頭皮伸出了手去。

忽然，對方手背上的一個印記引起了她的注意。那是一個深藍色的方塊形狀，像是簡單的刺青，上面卻還有一些突起的脈痕。

夏憐歌盯著那個印記出了神，脫口而出就問道：「這個是什麼？」

常清似乎也沒料到她會這樣直接的問，頓時愣了一下，象徵性的點了點她的手指之後，就打著哈欠將手收了回來。

「以前跟人打架時手掌被刺穿了。」他聳聳肩，用一副雲淡風輕的語氣這樣說著。「留了個疤覺得太難看，就乾脆弄成紋身了。」

……這人果然很危險，沒事還是別靠近的好。

夏憐歌在心裡默默的想著。

一旁的蒲賽里德抬起手肘壓在了常清的肩上，依舊是一臉笑嘻嘻的樣子，「別說得這麼可怕嘛，看都把小羔羊嚇得滿頭大汗了。」

「……這是因為剛才走了很長的路才流的汗好嗎！」夏憐歌忍無可忍的「喊」了一聲，轉身就想走。

此時，蒲賽里德突然像變魔術般從身後朝她拋來一樣東西，夏憐歌條件反射的接住，是一條折成薔薇花的手絹。

「在去見蘭薩特閣下之前，先好好整理一下自己的儀容吧。」蒲賽里德抬起併在一起的食指和中指靠近眼角，「kira～☆」的眨了一下眼睛。「對於落難的公主，我可是非常慷慨的唷。」

夏憐歌背後瞬間升騰起一股惡寒，雞皮疙瘩一下子掉了滿地。她回過身，舉起那條輕飄飄的手絹作勢要往蒲賽里德臉上砸去，「一條破手絹有鬼用啊！你不如給我張支票還比較實際——」

夏憐歌話還沒有說完，她的聲音卻忽然被一陣騷動聲掩蓋了下去。她疑惑的環顧，結果發現所有人都是一副驚惶失措的表情。猛的感覺到頭頂的日光被什麼籠罩了起來，於是她下意識的抬頭，三架帶著巨型氣囊的廣告飛艇正往這邊跌下。

「特、特別節目……？」夏憐歌囁嚅。

一架飛艇已經砸在遠處的花圃上，嘩啦啦的壓毀了一大片樹木；因為拖曳而斷裂的固定鋼纜刮破了氣囊，大量的氣體噴湧而出，人群開始亂哄。另外一架飛艇則撞上了中央廣場的噴水池，拖著吊艙慘烈的栽向地面，像是颶風過境一般的掀起大股氣流，颳得夏憐歌睜不開眼。

開學第一天，居然會是這樣一幅混亂的光景。

正當夏憐歌吃驚時，上面空中由遠至近的傳來直升機螺旋槳發出的噪音。從降落的直升機上跳下了兩位少年，夏憐歌馬上就認出來那是彼方・蘭薩特和十秋朔月。

「這算是什麼啊！開學典禮預演《興登堡飛艇慘劇》嗎！」

本來想衝過去問個明白，但四周動亂非常，人聲鼎沸，剛才還表明著自己對於落難公主會很慷慨的蒲賽里德早就和常清一起沒了蹤影，夏憐歌在心底罵了聲「這算哪門子慷慨啊！」就護著頭開始往人流處奔跑。

「喂！小心前面——！」

誒！？

被忽然突入的警告嚇到，還沒反應過來，額頭就受了硬物撞擊，夏憐歌頓時覺得眼前一黑，軟倒了下去。

03

遇襲✢是與非✢模擬式服從

「像妳這種從相貌到思想都貧乏的人，我也不屑占妳的便宜。說吧，妳有什麼意義重大的請求，我一律允諾。」

「相對的，我需要妳的不二的忠誠以及無條件的服從，妳有能力給我嗎？回答——Yes or No?」

✢ A Mimic Unquestioning Obedience. ✢

——嗯，頭好痛，胸口悶悶的，嗚……

夏憐歌嘗試掀了掀眼皮，沉重得實在不想動，但躺的姿勢不舒服，於是翻了一下身子，卻讓蓋在身上的物品滑了下來。夏憐歌伸手去摸的時候摸到了觸感驚人的東西，頓時嚇得睡意全無。

涼、涼涼的，又硬又粗糙的觸感，像曬皺了的橘子表面……還會動……

「咦呀啊啊啊啊啊啊——！」

睜開眼時看見滿臉褶皺的蜥蜴就在自己枕邊，夏憐歌像看見鬼一樣慘叫。

被慘叫聲引來的莫西，一手拿著罐裝牛奶、一手急急的推開門，雖然露出了帶有歉意的表情，語氣卻一點也不誠懇：「……不好意思，聽見妳的叫聲我才想起來我把那捷爾留在這裡了！」

這裡？

這裡是指……？

夏憐歌忽然想起自己暈倒的原因，然後開始慌忙的四視，試圖判斷自己身在何處。

這一看，居然是個異常寬敞豪華的房間。

有著繁雜的螺旋花紋大理石牆根，還有豪華的大型天頂畫。

房間的一面有三個拱形落地窗，窗子前面放著蓋了絨布的書桌，書桌上放著筆記型電腦還有堆疊得高聳的紙張。書桌的後面是連接著天花板並附有梯子的積層書架。在裝飾用火爐旁，放置著古老的落地鐘。

夏憐歌正躺在房間中央的沙發上，抬起頭就看見天花板上巨大又豪華的寶石吊燈，就算沒人告訴她，她也知道那東西價值連城。

「這裡是儲君專用的事務廳，就是教學樓頂層走廊的盡頭。」

教學樓是上課才會開放的，因為還沒開學，夏憐歌壓根就沒來過。但在入學之前她就聽說過，學院的教學樓是以宮廷規模來建成的，只是沒有想到宏偉到這個地步。

莫西把盒裝牛奶遞給夏憐歌，「哈密瓜口味。」

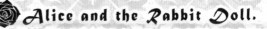

「……」

心想為什麼又是哈密瓜的夏憐歌接了過去，道了聲謝後問道：「那個……我被飛艇砸到了卻沒有受傷……？」

「被飛艇砸到？」把那捷爾放在肩上的莫西一臉迷惑。

還沒來得及說些什麼，把玩著鑰匙推門進來的蘭薩特便捷足先登的開了口——

「不過是原本在拍攝開學典禮的攝影隊趕過來拍攝現場時，妳自己一頭往攝影機撞上去罷了。」

聽到這諷刺的話，夏憐歌條件反射的彈起來，吼道：「蘭薩特！」

「因為這樣成為這個事故中唯一一個受傷的學生，妳著實應該檢討一下。」跟著蘭薩特後面進房的十秋補了一句。「不過，就算真的是被飛艇砸到，料想妳也不會就這麼死掉。」

「……」

「紅顏薄命是指漂亮的人才會死得早，妳看起來是那種會長命百歲的類型。」十秋扶了扶眼鏡，看著夏憐歌這麼說道。

而跟在他身後走進來的常清不由得「噗嗤」的笑出了聲。在沙發上坐下的蘭薩特立刻接著戲謔道：「才不只是長命百歲呢，如果我最多活到三十歲，她起碼能見證六個世紀的人類發展史。」

實在受不了這種說話絲毫不留口德的人，夏憐歌怒火暴升。她把被子一甩，站起來喝道：「夠了！我要回去！」

她氣勢洶洶的朝門口走了六、七步後，從後面傳來蘭薩特的聲音——

「站住。」

蘭薩特壓迫感異常的兩個音節嚇了夏憐歌一跳。

夏憐歌真的站住了。但轉念間又想，自己根本沒理由要聽這人的話，於是當作沒聽見的繼續邁開步伐。

「妳走出這個門口試試看，我可不擔保後果會怎麼樣。」

心裡明白這傢伙是在報復「蘭斯迪爾號」上的正面交鋒與今天的廣播事件，夏憐歌咬咬唇，不滿的轉回身去。

「……那你這混蛋想怎麼樣！」

「妳現在是我的騎士，我說的話妳要無條件服從。」

剛才沒有褪下去的火氣，這下倒是找到了發洩途徑，一下子全部湧了上來，夏憐歌聲嘶力竭的對著蘭薩特吼回去：「你少在那裡擺儲君的架子！你這個死自戀狂！只不過是要你拉我一把，連『請求』都算不上，卻要任你頤指氣使！這簡直就是不平等條約！要我當你的騎士我不服氣！休想！」

氣氛被夏憐歌那連串的發言擊沉。

寂靜了約莫半分鐘，蘭薩特才緩緩的開口：「妳的意思是說——如果妳不吃虧了，就心服口服的認命成為我的騎士？」

見對方態度軟化，夏憐歌的氣勢也跟著退了一大截，「……算、算是吧。」

「那成。像妳這種從相貌到思想都貧乏的人，我也不屑占妳的便宜。說吧，妳有什麼意義重大的請求，我一律允諾。」蘭薩特用一副大赦蒼生的仁慈表情說道。

——我要掐死你！

夏憐歌恨不得馬上在他身上綁個炸藥，然後點火爆他個粉身碎骨。

但腦海裡，有那麼一瞬間閃過某個想法，是兩年來自己一直鍥而不捨的堅持著的目標。自己為什麼會考來這個學校、怎麼樣也不想被退學的目標——為了找到失蹤的哥哥，記憶裡那個護著自己長大、眉眼溫柔的少年，夏招夜。

「那麼，就請你幫我找到我哥哥夏招夜的下落吧。」

蘭薩特愣了一下，甚至連十秋朔月和常清也滯了那麼一會兒。

「……妳說什麼？」

「我的哥哥曾經是薔薇帝國學院的強制入學生，但是在學院兩年前的學生連續失蹤事件發生過後，便從此音信全無，我就是為了找到他才會考進這所學院裡的。既然是什麼請求都一律允諾，那就幫我找到我的哥哥，蘭薩特閣下。」

夏憐歌的眼中流轉著執著，堅如磐石。

蘭薩特覺得這樣的夏憐歌，居然比日光還要耀眼。

「妳的請求我允諾。相對的，我需要妳的不二的忠誠以及無條件的服從，妳有能力給我嗎？回答——Yes or No？」

——Yes.

——My soul will always belong to you.

是的。

我的靈魂，永遠忠於你。

◇　◇　◇

因為開學典禮的事故而延遲了兩天的正式開學日總算到來了，但夏憐歌兩節課下來根本沒聽進什麼。

一是因為夏憐歌所在的階梯教室布置得異常豪華，她一抬頭便看見鑲嵌滿了彩色玻璃的穹窿頂，地方一空曠就容易分神；二是因為聽見後排女生的對話——

「聽說學校最近出現了幽靈耶。」

夏憐歌頓時汗毛倒豎。

「是啊，而且似乎還專門襲擊長得漂亮的女生呢。」

一聽到這裡，夏憐歌憋在胸口的氣也不知道應不應該鬆出來好。

「我姐姐的同學見過那幽靈哦，好像是穿白色哥德式短裙的少女，蜜色長捲髮，還抱著一隻耳朵長到地面的兔子布偶。」

後面的女生越說越興奮：「有人說飛船事件也是幽靈造成的！」

「咦咦？我還以為是黑騎士聯盟在搞鬼呢。」

黑騎士聯盟？那是什麼？

結果夏憐歌就在後排兩個女生有一搭沒一搭的對話中，把兩節課的時間都消磨完了。課間休息的時候她準備去買點能吃的東西，就在她剛走出教室門的一剎那，一名行色匆匆的少女突然風一般擦著她的肩膀跑過，長長的蜜色捲髮在半空揚了起來。夏憐歌被撞得往後踉蹌幾步，好不容易穩住了身體，卻發覺地上憑空出現了一樣惹眼的東西。

是一紙粉紅色的信封。

「咦……是剛才那個女生掉的嗎？」夏憐歌疑惑的轉過頭，那名少女已經不見蹤影。她走上前去將信封撿起來。翻過來一看，封口還印著心形的蠟印。

遺失了這種東西肯定會很苦惱的吧……但是她並不認識那個女生，所以也不知道怎樣還給對方。

正當夏憐歌捏著信封站在原地煩惱不已的時候，突然一陣風吹來，將那個紅色的蠟印掀了起來。她一看見信封裡裝著的東西就整個人愣住了。

那是蒲賽里德之前送給她的那條手絹，正疊成整整齊齊的四方形放在裡面。

怎麼回事……那條手絹應該是在之前那場飛艇動亂裡就被她順手扔掉了啊，為何現在卻出現在這麼一封……情書裡？

好奇心戰勝了廉恥心，夏憐歌將那條惡俗的手絹小心翼翼的從信封裡抽出來。手絹上面好像寫有什麼文字，夏憐歌攤開來看，眉頭卻開始越鎖越深。

並沒有什麼煽情的文字，手絹上面寫著的全是些讓人莫名其妙的短語。

殿下。殿下。殿下。殿下。殿下。殿下。為了殿下。

兩個月亮的記憶。

殿下。殿下。侵蝕。殿下。侵蝕。殿下。我的殿下。

失敗品。

不可饒恕。不可饒恕。不可饒恕。不可饒恕。

手絹上面的短句到下端，寫的全部是密密麻麻的「不可饒恕」，字體越變越扭曲，看得讓人從心底深處涼了起來。

與其說是情書，這更像是一封「不幸的信」吧？

那麼掉了這封信的女生究竟是誰……

拿著信封，一時間夏憐歌不知道應該扔掉還是收起來才好。思索了許久，她最終還是硬著頭皮將信封塞到了自己的口袋中。

◇　◇　◇

午休的時候，夏憐歌突然想起蘭薩特說過，以後如果沒有特殊情況，自己每天都要到他那邊報到一次。

即便她現在並不太想見到那傢伙，但為了避免蘭薩特找到新藉口來威脅她退學，夏憐歌還是不情不願的去了，順便把課堂筆記也帶了過去，雖然她並不屬於那種認真學習的好學生類型，不過總是要裝模作樣的復習一下比較好。

儲君的事務廳位於教學樓的頂層。包括這個房間在內，整個頂層其他學生是不被允許進入的。不過，得到儲君批准的人似乎可以例外。

夏憐歌想，既然蘭薩特都要求自己每天過來報到了，應該也算是變相批准了吧，所以多少有點肆無忌憚。

門沒鎖，十秋和莫西都不在，就蘭薩特一個人趴在攤滿一堆文件的偌大書桌前枕臂而眠，筆電擱在一旁沒有關。

夏憐歌一進門時，落地的大鐘剛好報了點，於是她徑直走過去，故意用力的把課堂筆記「啪」的一聲扔到桌面上，以為蘭薩特會因為這樣而驚醒過來。但是蘭薩特居然沒反應，看來睡得很熟。

夏憐歌挑高了眉頭，大氣一吸——

「喂，自戀……唔！」

話說到一半，她猛的被人從後面扣住，接著脖子被一扯，口鼻被摀住。呼吸困難導致夏憐歌晃起雙手死命掙扎，不過也無補於事，身後的人拉著她就往外拖。

——綁架！綁架！是綁架！救命啊啊啊啊——

在心中無聲吶喊的夏憐歌被拖到門外，接著便被人一個反身壓到了牆上，這下她才正面看見差點殺了她的人居然是十秋朔月。

他一手掩著夏憐歌的嘴，另外一隻手豎起食指抵在自己的脣上，微笑著做了個噤聲的手勢，「保證不出聲，好嗎？」

夏憐歌被那個施加武力後的微笑嚇得毛骨悚然，連連點頭。

十秋這才轉過身去小心翼翼的關好門。「那傢伙忽然說想睡一下，我還叫莫西先回去了。沒想到妳忽然跑這邊來。」

夏憐歌這才敢大喘粗氣。「我差點被你嚇死！」

「我才是被妳嚇到的那個。」十秋朔月理了理衣襬，冷冷道。

「你也用不著這麼粗暴啊。」

「我為什麼要對妳這種草芥臉溫柔？」

雖然重點根本不在於草芥臉，但夏憐歌已經懶得去反駁了。於是她跟著十秋至走廊上的椅子坐下，料想應該是要等到裡面那個傢伙睡醒了才能進去。

這樣一單獨相處，夏憐歌才發覺自己不太敢跟十秋朔月說話，畢竟對方老是擺出一臉正經嚴肅有如訓導主任的面孔，並且全身上下還散發出拒人千里的低壓氣場，且不說他的口德奇差無比，單是前者那兩點，就足以讓夏憐歌想離開他幾百公尺遠。

於是在這樣子的冷氣場下，不知道要跟對方聊些什麼的夏憐歌打起瞌睡來，結果身旁冷不防冒出個毫無感情可言的朗讀聲音——

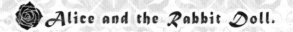

「啊，殿下，您的雙眸璀璨如同夜裡閃爍的星辰，給予我跨越大海的勇氣與果敢；您的聲音宛若亙古不變的古老歌謠，驅逐我心中深處的不安和黑暗；您的目光如詩，使我……」

夏憐歌「騰」的睜開眼皮，滿是困惑的偏頭一瞥過去，發現十秋手裡正拿著剛才自己撿到的那條寫滿了奇怪短語的手絹。

可能是因為言詞太過於煽情，夏憐歌覺得對方彷彿是在唸讀自己寫的情書一般，她頓即捂住雙頰慘叫起來。

十秋一手捂著耳朵，一手把那薄薄的手絹夾在兩指間晃了晃，解釋道：「從妳的口袋裡掉出來的。」

「你有沒有一點點道德心和拾遺不昧的自覺啊！」

面對夏憐歌惱火的怒吼，十秋朔月只是動了下脣角。當作沒聽見的他，攤開手絹繼續讀下去：「您是我夢中永久的神祇，您是否看見我的愛如……」

「夠了！閉嘴！你自己在那邊亂捏造些什麼啊！有那麼好的文采就趕緊去當詩人啊

你！」趁著十秋不備，夏憐歌一把將手絹搶回，一臉怒氣的盯著絹面喃喃自語：「真是的，這上面哪有那些噁心巴啦的東西，明明就是一堆讓人看不懂的……」

話音倏的戛然而止。

夏憐歌不敢置信的擦了擦眼睛，再認真的把手絹從頭到尾看了一遍。在這花俏俗氣的絹面上，清清楚楚、整整齊齊的寫滿了充斥著寫信人無數愛意的語句，正如剛才十秋朔月所唸的那般。

而那些冰冷又詭譎的短語，恍若只是她一時的幻覺，此時全部消失得無影無蹤。

「怎麼會這樣……剛才明明、明明──」夏憐歌目瞪口呆，話還沒說完，就感覺攤在手中的手絹一下子被人抽走──

「你們在這裡幹什麼？這是啥？」

夏憐歌慌忙的轉過身去，才發覺是已經睡醒了的蘭薩特披著散瀉的金髮站在身後，在炫目的光線下彷彿一動就會抖落簌簌的碎陽。

「噗——」

她淒厲的叫著：「啊啊啊啊——不是你們見到的那樣！」

「啊呀啊呀，這是給我的告白信？果然被我的美貌打動了嗎？」

蘭薩特的口氣輕蔑得讓人火冒三丈，夏憐歌把他拈在手上晃來晃去的手絹扯下來，臉漲得像秋天裡紅透了的蘋果，吼道：「都說了不是那樣！這不是我寫的！而且剛才上面明明就不是這些內容！」

「我知道。雖然這信寫得不怎麼樣，但憑妳這媲美原始人的智商想來也寫不出來，一定是有勤勞賢慧的小精靈在暗地裡默默的協助妳吧？」蘭薩特捋了捋柔順的金髮，得意的表情看得夏憐歌幾欲抬腿就往他臉上踹過去。

一旁的十秋卻不理會兩人的吵鬧，稍微斜過閃著綠光的眼睛盯著蘭薩特問道：「睡得還好嗎？」

「嗯。」蘭薩特也不再逗夏憐歌了，微微點了下頭，伸了伸懶腰便抱怨起來：「這種事處理起來真是麻煩。」

驟然正經起來的氣氛讓還在氣頭上的夏憐歌一下子頓住，剛要罵出口的話突然變成了一句疑惑的詢問：「什麼事？」

雖然知道自己孤陋寡聞，但在這麼問之後立刻被人鄙夷的瞥了一眼，她心裡的怒火又開始騰騰的燃燒起來。

「妳不知道嗎？最近鬧得不可開交的少女幽靈事件。」好像並不是什麼大不了的事情般，十秋的語氣冷淡得出奇。「飛船事故應該也是那個造成的，因為有不少人說在飛船掉落之前，看見一個抱著兔子布偶的少女俯在氣囊上面。還有……」

說到這，他抬手摸了摸上唇，側過頭好像在思考著什麼似的。「在這次事故中出事的學生，全都是長得漂亮、但在學院裡風評不怎麼好的少女啊……」

「等一下，你不是說因為事故受傷的只有我一個嗎？」夏憐歌不解的撓撓頭髮。

蘭薩特橫了她一眼，「妳那種叫受傷，而且是自作自受的。把命也丟掉了的那種，叫死亡吧。」

夏憐歌的臉刷的一下白了。

「死……死人了？」

「是啊。」蘭薩特有些不耐煩的回答道。「但如果僅僅只是擾靈現象作怪的話，是不會發展到襲擊人的程度的。」

說著，他回過頭看了十秋一眼，「朔月，你說這個幽靈少女會不會是黑騎士聯盟製作出來搗亂的……？」

十秋搖了搖頭。「如果是黑騎士聯盟的話，那麼他們這次的目的又是什麼？」

「襲擊風評不好的女生嗎……」蘭薩特挑起眉毛發出嘲諷的笑。「難不成是想幫助那些被她們欺騙過感情的男生出口氣？」

一旁的夏憐歌聽得雲裡霧裡的，終於忍不住插入兩人的對話中來，「那個黑騎士聯盟究竟是什麼啊？」

早上上課的時候也聽教室裡的女生說過……

「是學院內的地下反派組織，似乎是由不安分分子組成的，經常搞出一大堆事端，破壞學院內部秩序，所以被學院的學生冠上了『黑騎士聯盟』的稱謂。」蘭薩特皺起了眉頭，語氣不知為何變得凶狠了起來。「真搞不懂這群成天躲在下水道裡的蟑螂究竟想幹什麼……他們有些時候好像只是純粹的搗亂，有些時候卻似乎帶著某種目的在行動。雖然暫時還沒查出任何關於黑騎士聯盟的有價值的信息，但是我想，假如那『某種目的』真的存在的話——那他們大概就是是想篡奪薔薇帝國學院的管理權與控制權了。」

謀……謀朝篡位嗎！？

夏憐歌的腦海裡頓時忍不住浮現出這個成語。

沉默了半晌，蘭薩特輕嘆一聲，把披散在肩上的頭髮紮了起來，接著轉回到原本的話題。「既然能搞出飛船事故這麼大的騷動，我們也不能不理會了。如果我們不處理那個幽靈少女，恐怕事情會變得更加麻煩……但在那之前，我和朔月又得先幫這次的飛船事故善後。」

話音至此，他突然一動不動的盯著夏憐歌好一會兒。在夏憐歌覺得大事不妙準備遁逃的時候已經遲了——

「那麼，調查幽靈這件事，就交給妳去處理吧，夏憐歌。」

燙手山芋就這麼劈頭蓋臉的丟過來，夏憐歌自然是不會那麼輕巧的就接在手上。

「整個殿騎士聯盟都任你差遣了！為什麼你還硬是要丟給我去幹！」

蘭薩特眉頭一皺，「妳以為這種事情派一隊人去幹很光彩嗎？」

「我又不能打，又不會ESP什麼的，要找人幫忙至少找莫西老師啊！要不然他這輔導員是幹嘛用的啊！」

「問題是他比妳更不能打。」

聽到這，夏憐歌不禁一臉吃驚。「……不是吧？他不是被稱為『天才少年教師』嗎？ESP應該很厲害的吧？」

「ESP又不是地對空導彈，一定都要用來破壞的嗎？莫西擁有的是罕見的『先知預見』能力，雖然打跟跑兩樣都不擅長，但叫上他也沒壞處就是。」蘭薩特也不忌諱的直呼莫西的名字，聳聳肩用一副事不關己的語氣繼續說道：「反正聽說那個幽靈只襲擊漂亮女生，妳肯定不在她的襲擊範圍之內，一看見馬上逃跑就是了。」

喂！什麼叫我「不在她的襲擊範圍內」啊！

夏憐歌在心裡這麼反駁。

這種事，自己一個人去的話，還是有點膽怯，她想，既然非去不可，那也至少拖個人陪自己才行啊……

◇　◇　◇

地點是銀角區圖書館附近的咖啡店，以下午茶為理由，夏憐歌被美少年輔導員拉來吃傳說中非常好吃的哈密瓜口味拿破崙鬆餅，所以她就順水推舟的拜託他陪自己去調查幽靈的事情了。

「要找幽靈的話，當然要晚上去才過癮啊！」

結果還是只能找莫西陪同。

但是不知道為什麼，對方一聽到夏憐歌被蘭薩特吩咐去查找幽靈少女的事情，就顯得異常的情緒高漲。

夏憐歌吃著混雜了新鮮哈密瓜的拿破崙鬆餅，忽然開口道：「……其實我之前就很想問你了，為什麼你那麼執著於哈密瓜？」

「啊？」紅髮的少年愣了一愣，舔著不小心沾到起司奶油的指尖，猶豫似的停頓了數秒，然後回答：「因為那捷爾很喜歡啊。」

……你又不是蜥蜴。

夏憐歌在心裡腹誹道。

看著坐在自己對面的莫西仍然一副好像小學生第一次去郊遊的樣子般，興致勃勃的在籌劃幽靈事件的查找計畫。他這麼熱心，夏憐歌自然很高興，但一想到蘭薩特那句「莫西他打跟跑兩樣都不擅長」時，心裡頭就有點捉摸不定，說不定一出什麼事的話，他幫不了忙還會扯後腿。

但又沒有其他辦法，因為聽說還死了人，她也不敢自己去。

真是麻煩死了！

那封詭異的情書她還沒想到辦法解決，結果蘭薩特那個自戀狂就又要她去幹些莫名其妙的事情，她現在真的是頭都大了……

想到這裡，她情不自禁的嘆了口氣，然後猶猶豫豫的開了口：「那個，老師，我有個問題……」

「不用叫老師那麼拘謹啦，直接叫我名字也沒關係。」莫西邊說，邊餵那捷爾吃了一小塊鬆餅。

「哦，莫西……」夏憐歌放下刀叉，停頓了一下，稍稍思考了一會措辭。「嗯……你有沒有收過一些告白信，一開始看時是一堆讓人不愉快的短語，再看一次時又變成了真正的情書……之類的……」

「啊？」莫西露出了困惑的目光，默默糾結了好一會兒才又開口問道：「妳是說那種……一語雙關的情書嗎？那寫信的人是個傲嬌吧？」

「不是不是。」夏憐歌搖了搖頭，「是那種一開始全都是無意義的短語，『兩個月亮』啊之類的，但再看時就變成了『您的雙眸璀璨如夜裡的星辰』……」

「……我聽不懂。」莫西回答得乾脆俐落。無視夏憐歌那一臉洩氣的表情，他自顧自的開始說了起來：「不過說到『兩個月亮』，這島上以前倒是有過一些傳說呢。」

「咦？」一句話挑起了夏憐歌的興致。

「聽說過維朵爾公主嗎？」莫西壓低了腦袋，神秘兮兮的對她豎起了一根食指，「很久以前，這個島上曾經存在有兩個名為圖柏斯和賽爾雅緹的國家，維朵爾便是賽爾雅緹國中唯一的公主殿下。傳聞在她出生的時候天邊出現了兩輪明月，國王便因此賦予了她『維朵爾』——月光女神的名字呢。」

「噢……聽起來好像還挺浪漫的耶。」夏憐歌不知不覺的捧起了雙頰，但一想到那封信中的短語，卻又低嘆了一聲。「不過那封情書可沒有這麼浪漫，裡面還寫了一大堆的『不可饒恕』呢。」

「那這封信就一定是給蒲賽里德的。」莫西馬上蓋棺論定，速度快到讓夏憐歌整個人都愣住了。

她脫口而出就問了句：「為什麼啊？」

莫西皺著眉，露出了一臉「這不明擺著嗎」的表情。「因為那傢伙就是個徹頭徹尾的人渣啊，像這種混蛋肯定辜負過不少女孩子，會有人向他發出這種充滿怨恨的信也不是什麼怪事——」

這樣說起來也是哦，那條手絹原本也是蒲賽里德的……

就在夏憐歌想點頭稱是的時候，旁邊突然傳來某個帶著假意幽怨味道的聲音：「好過分啊，原來我是這麼差勁的一個人嗎？」

蒲賽里德不知道什麼時候跟幾個女生一起坐在了一旁靠窗的位置。

因為要走英倫風格，咖啡館為了營造氛圍，採光選擇稍微昏暗的燈光，而且蒲賽里德又是被一群女生團團圍住，以至於夏憐歌和莫西一開始根本沒有注意到他。

隨著蒲賽里德的話，坐在他身邊的幾個女生視線也望了過去。

「沒想到我在你心目中的形象這麼狼籍啊，莫西老師。」

「你錯了，你在我心目中根本沒形象可言。」莫西冷淡的回了一句。

「唉唉，都怪學院裡面那些虛假的風評造成的。」蒲賽里德一副無可奈何的樣子把玩著精緻的骨瓷杯具。

——你現在的行為就在印證那些風評都是事實吧！

夏憐歌抽了抽嘴角。

「話說你什麼時候進來的，怎麼沒看見？」

「唉呀呀，我在你們進來之前就坐在這裡了哦，因為莫西老師吃鬆餅時的樣子實在是太過可愛啦，看得出神了就忘記上去打招呼了。」

莫西抄起桌面上的一副銀製刀叉，低吼著「我要殺了那個變態」。夏憐歌哭笑不得的連忙站起身去制止此時怒火中燒的紅髮美少年。

然而，那邊的蒲賽里德還不知死活的走過來，在夏憐歌他們桌前挑了張椅子坐下，神色卻忽然正經起來——

「剛才聽你們說，要去調查最近的幽靈事件，是真的嗎？」蒲賽里德望著夏憐歌，在燈光下他的眼眸看起來像是暗紫色。

「說是調查，其實不過是去碰碰運氣，看是不是真的能見到那個幽靈少女罷了。」

「你們兩個去很危險的，所以——」蒲賽里德笑容陣型大開，意圖昭然若揭：「我今晚很空閒哦。」

「……」

「……」關我屁事啊。夏憐歌在心裡毫不留情的踐踏他。

這時，蒲賽里德忽然伸出右手，曖昧的捏著夏憐歌的下頷，笑意盈盈的說道：「如果妳說『拜託您來幫忙啦，蒲賽里德大人』，我就陪你們去，怎麼樣？」

夏憐歌冷得煞白了臉，汗毛倒豎、雞皮疙瘩掉滿地就算了，霎時氣得頸骨都咯咯作響，拿著高級皮革造的coffee menu往蒲賽里德當頭「啪」的打了過去——

「——好痛。」

剛才坐在蒲賽里德對面的女生們在看見這一幕時，在那邊嚷著「啊好過分」、「那女的是誰啊」、「蒲賽里德大人好可憐哦」。

夏憐歌對旁言置若罔聞，頗為火大的喝他：「誰要你幫忙啊！你這傢伙死皮賴臉的，再碰我就告你非禮！死騷擾狂！」

說罷，夏憐歌拿著校徽到櫃檯結了帳，便與莫西一起丟下蒲賽里德跟那群女生走人了。

「啊呀啊呀，居然被這麼無情的拒絕了。」蒲賽里德看著窗外兩人走遠的身影，把茶匙擱到碟邊，然後發出惋惜的輕嘆。「本來以為可以參加上有趣的事情呢，真是讓人失望呀。」

陪在桌前的女生們面面相覷，禁不住輕斂起眉頭，小心翼翼的問道：「怎麼了？蒲賽里德大人。」

「沒什麼。」脣角揚起的那一絲冷冽的微笑，就在身旁的女生們喚起他的名字時，淡了下去。

◇　◇　◇

舊雕像公園的南門公車站前——

與莫西的約定時間是晚上七點，夏憐歌習慣性的比預定時間早到了三十分鐘。偏偏就在剛剛抵達的時候接到了蘭薩特的電話，按了接聽鍵，手機還沒靠到耳邊，蘭薩特的聲音就這樣從手機裡吼了出來——

「要死啊，夏憐歌！搞這麼久才接！」蘭薩特用差到極點的口吻這麼吼道。

「……什麼事啊！你就不能當我是在洗澡什麼的嗎？」

蘭薩特蠻不講理起來，「這是妳對待自己的支配者的態度嗎！？我不管妳是洗澡還是什麼，就算是快死了，以後敢在三十秒內不接我的電話，我就殺了妳！」

「是是是！蘭薩特閣下，我以後三十秒內不接起你的電話我就咬舌自殺總行了吧！」

「——今天妳將課堂筆記本落在事務廳了。現在妳在哪裡？」

「我在舊雕像公園，約了莫西。」

「你們兩個去那種鬼地方幹什麼？」

夏憐歌這麼一聽，不禁有點冒火，「不是你叫我去調查幽靈事件的嗎！？搞什麼啊！」

「……」

電話另一頭沉默了好一陣子，對方好像用手按住了話筒跟身旁的人商量著什麼，等到夏憐歌不耐煩了準備直接掛掉電話的時候，他才悠悠然的開口問道：「哪邊的門？」

「啊？」

「我問妳在雕像公園哪邊的門？」

「南門。」

咯。那邊馬上傳來了掛線之後的忙音。

夏憐歌的怒火熊熊的燃燒起來，差點摔了電話。

搞什麼啊！自己打電話來說了兩句話，連道別都沒有就掛斷了，這算什麼！還閣下呢，長這麼大受的什麼貴族教育，除了趾高氣昂跟自戀成癖以外根本就沒有風度可言，這個死蘭薩特！

結果不到十分鐘，夏憐歌還在氣頭上的時候，上空傳來了直升飛機發出的轟轟噪音，接著便從吊在飛機門側的繩梯上跳下來兩名少年，兩人剛一著地，其中一個馬上抱怨道：「叫專車不就好了，為什麼要叫直升機？麻煩死人了。」

另外一個淡淡的接了句：「是你自己說要快的。」

這時候才看清楚從直升機上跳下來的是蘭薩特和十秋，夏憐歌馬上毫不猶豫的衝了過去指著他們就吼：「你們來幹什麼——！」

蘭薩特挑高眉角回問道：「我們在這裡還要得到妳的批准不成嗎？倒是妳，不是說要調查幽靈的事嗎？」

「……所以我不是來了嗎！」

「我們覺得還是自己來一趟比較好。」站在旁邊的十秋朔月絲毫不忌諱的把心裡想法挑明。「因為妳看起來明顯太蠢，怕妳誤事。」

「那麼你們一開始就乾脆不要叫我來啊混蛋——！」

氣死人了！

◇　◇　◇

待到莫西來了之後，四人一起進去了舊雕像公園。

舊雕像公園是建在久原區南部與銀角區交接地段的公園，部分地方屬於為了保護生態、所以沒在島上開發的森林保護地域，因此地理位置比較偏僻，實在沒什麼人前來，很久之前就已經荒廢了。

但公園裡頭現在依然林立著不少著名雕像，而那些雕像，聽說大部分都不是贗品，而是價值不菲的原作，只是現在全部都擱在這裡風吹日曬雨淋，長苔蘚都長了好幾十年……

「到底是沒那麼容易出現啊。」

四個人在舊雕像公園裡一個勁的打轉，都轉了好幾十圈了，還是啥都沒見到。

「我倒是挺期待被襲擊的。」十秋在旁邊一本正經的說，雖然絲毫不覺得他在期待，但是這話聽起來也完全不像是玩笑。

「只會襲擊女生吧？」蘭薩特啞然失笑。他又看著一眼十秋朔月問道：「說起來，你怎麼沒把常清帶過來？他挺能打的吧？」

「我也這麼覺得。」夏憐歌在旁邊附和。一想到自己與常清同為儲君的騎士，卻只有她一個女的被牽扯進來，夏憐歌就感覺特別不爽。「比起我，你們還不如直接叫常清過來呢，他的戰鬥力怎麼也比我強吧？」

「常清是三年級的，要準備考試了，沒事盡量少打擾他。」十秋盯著夏憐歌，也不理會她接下來冷嘲熱諷的一句「看不出你這種人也會關心別人啊」，抬手扶了扶鼻梁上的眼鏡，再道：「而且他殺傷力太凶殘，不好掌控。」

……你這傢伙究竟想掌控什麼啊！

整個人都陷入無語狀態，夏憐歌氣鼓鼓的抱起雙臂，沒好氣的喊了一句：「真是的……三年級又怎樣啦，你們不也是三年級的……」

「誒……蘭薩特閣下與十秋閣下是二年級的。」一旁的莫西露出了一臉「難道妳不知道嗎」的表情盯著她。

夏憐歌呆滯的搖了搖頭。

這時她才發現，即便是身為老師，莫西對蘭薩特和十秋依然使用著「閣下」這種敬稱，看來這兩個傢伙的地位還真是挺高的啊。

「妳這樣就不行了，夏憐歌，既然是騎士，可不能連自己所服侍的支配者的基本訊息都不知道哦，要不然會被別人說不盡職的。」莫西「嘖嘖」了幾聲，一副大義凜然的模樣拍了拍夏憐歌的肩膀。「不過不用擔心，我會再告訴妳多一些關於閣下的事情的！」

「……不，其實你不告訴我也沒關係……」

莫西顯然無視了夏憐歌的回答，一邊摸著左耳上的十字架耳環，一邊自顧自的將話接了下去：「閣下他們從出生到現在都是住在這島嶼附近的哦，以前就算是還沒到入學的年齡，也因為作為未來的管理者經常到學院裡來視察呢。」

兩個小屁孩能視察出個鬼啊！

夏憐歌不屑的撇撇嘴，看著莫西那張娃娃臉，又不禁有些好奇問道：「那莫西你呢？你也是住在這島附近的嗎？」

「啊？」莫西愣了一下，語氣瞬即淡了下去，「我就住在這島上，是九歲那年被強制入學的。」

「九歲啊……」夏憐歌驚嘆，所以到現在這個年齡就已經是教師級別了嗎……不過，在九歲時就被帶來這裡，這麼一想也真是挺委屈的一個小孩啊。

莫西連連的點頭，「剛開始時很討厭這裡呢，但後來遇見了十秋閣下後，就覺得能夠到這裡來實在是太好了——」

「咦？」夏憐歌怔怔的盯著總是一臉正經、甚至可以說是冷峻的十秋朔月，心裡禁不住開始想：難道這種臉像是用模子固定住的傢伙也有親切的時候——

結果她的視線被對方發現，十秋猛的射過來一束駭人的目光。

莫西開始滔滔不絕。

這傢伙只要話匣子一開就絕對煞不住，雖然只認識了對方那麼一點時間，但夏憐歌幾乎對他已經有了透澈的了解。

「十秋閣下是我的救命恩人呢，所以就算不是學院的學生，我也希望以後能有機會成為閣下的騎士——」

「夠了，莫西，我說過了很多次，我不記得我曾經救過你，而且我座下已經有常清了。」

十秋的這句話，把原本就不怎麼熱鬧的氣氛，一下子降到了攝氏零下。

「……」夏憐歌有點慌了神。看著旁邊的莫西的表情一下子黯淡了下去，她連忙打圓場：「啊……那個……那個，你們在這裡這麼久了應該知道一些事情吧？」

蘭薩特撥開了擋在路上的那些缺乏打理的樹木枝椏。「什麼事？」

「是關於我哥哥的事情。在我還是國中生的時候，他就被強制入讀這個學院。」

夏憐歌想，要是他們在這個島上住了這麼久，那麼兩年前的事情肯定會知道才對。

「就算是強制入學，每年進來就讀的學生也是不少的，怎麼可能全部記得。」

……說的也是。夏憐歌在心裡小小的失望了一下。

「不過聽妳再次提起，我忽然想到，妳跟我們提過的、那件兩年前的學生連續失蹤事件，我們一開始也完全不清楚這件事呢。」

一說到這，蘭薩特的臉色不知為何似乎變得有點陰沉。跟在他身邊的夏憐歌也隨著露出了驚愕的神色。「怎麼可能！那麼轟動的事情！連《世界時報》都上了頭版啊，怎麼可能在島上的學生反而不知道呢？」

「正因為是島上的學生，所以才不知道吧。」十秋朔月在旁邊插話。

「什麼意思？」

「因為在這個島上的人，關於兩年前的那個事件以及失蹤者的記憶，全部都消失了。」

夏憐歌一下子怔住了。

……怎麼可能？

為什麼那些記憶會消失掉？

這所學院在兩年前究竟發生了什麼事情?

「我們也是聽外界的人說起才知道這件事的。」蘭薩特擺弄著手上的枝葉，表情被瀏海掩起。「當時有人過來學院這邊說，他們的孩子已經好幾個月沒跟家裡聯繫了。我們幫著調查了一下，卻發現在學院裡完全無法找到他們所說的那些學生存在過的證明。」

「所以那件事才無從查起，因為島上的人全部都沒有關於失蹤者的記憶。而且連失蹤者的學籍資料都找不到。」十秋朔月接過蘭薩特的話，低頭看著垂手立在那裡的夏憐歌。「其實，我們並不是沒有想過，這起所謂的失蹤事件只是那些人在無中生有而已，那些學生確實不曾在薔薇帝國學院裡存在過。」

聽到這話的夏憐歌不禁心中一顫，瞪向十秋的目光裡隨即溢滿了憤怒。「你這是什麼意思啊?難道你覺得我也在騙你嗎!?失蹤這事可是上了報紙的啊!而且、而且哥哥當時明明就收到了這所學院的強制入學通知書……如果可以的話，我還不想他來呢!」

看她一副就要哭出來的樣子，一旁的莫西趕忙安慰道:「嗚哇，夏憐歌妳別這樣，至少也聽十秋閣下把話先說完啦！一開始我們的確都那樣子認為，但是後來又在理事會裡找到了一部分失蹤學生的資料……」

「誒？」夏憐歌揉了揉開始泛紅的眼角，「不是說失蹤學生的學籍都找不到了嗎？」

「如果是特別優秀的學生，我們會再備份一份訊息上報到理事會的，雖然這訊息肯定沒有學籍資料來得詳細了。」莫西繼續解釋道，「而且理事會那邊的管理相當嚴密，要篡改或消除資料並沒有那麼簡單。」

「那就是說，失蹤者裡有一些還是相當優秀的學生囉……？」

「是的。」莫西輕嘆了一聲，嘟囔了句「那些可都是人才啊」，才接著說道：「也正是因為找到了這關鍵性的證據，我們才確定這起失蹤事件確實在薔薇帝國學院裡發生過。而且為了避免造成更壞的影響，我們並沒有把島上的人全都不記得失蹤者這件事對外公開。」

為什麼……會發生這麼荒唐的事情？

哥哥……哥哥他到底是怎麼了？

「消失的記憶……嗎？」那邊的蘭薩特像是不自覺的輕聲呢喃。過了好半晌，他才轉過頭來正眼看向夏憐歌，「妳非找到妳的哥哥不可嗎？」

夏憐歌的回答毫不猶豫：「是的，非找到不可。無論如何，我會盡我的一切努力，一定、一定會找到招夜哥哥的。」

◇　◇　◇

四個人漫無目的的在舊雕像公園遊蕩到接近晚間十一點，依然毫無收穫，於是蘭薩特建議先回宿舍。

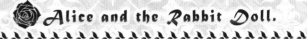

久原區是學生的住宅區。支配者和騎士的住宅所在地處一北一南，舊雕像公園的入口剛好在南區，因此離夏憐歌的住處很近，所以她拒絕了莫西說要送自己回去的好意。

而當夏憐歌開始覺得後悔莫及時，是在跟蘭薩特他們分別、獨自在公車站等了五分鐘卻遲遲沒有看見公車的影子之後。

本來只有自己一個人坐著的候車椅，不知從什麼時候開始，突然多了一個少女。

白得如同清涼的月光的哥德式短裙，漂亮的蜜色波浪長髮一直披散到腳跟，懷中攬著白色的兔子布偶，耳朵長長的垂在旁邊，在夜風中微微的晃著。

……不、不是吧！

為什麼……為什麼要在三個能替死的人走掉了才出現啊！這是命運的安排嗎！

夏憐歌在心裡無力的吶喊。並緩緩的，從椅子上挪開。

「被丟掉了。」

少女用毫無溫度的聲音這麼說著。

「愛麗絲被丟掉了。」

就像跳針壞了的黑膠唱片，眼前的少女生硬的、機械的重複著這無機質般的話。

此時，夏憐歌的腦裡頓時一片空白，她轉身就往舊雕像公園裡跑，並在心裡安慰著自己，不要怕不要怕，除此以外她已經無法再思考什麼，現在只希望蘭薩特他們還沒有走遠，如果是這樣的話——

思維被打斷，左手的手臂像被什麼扯住一般扭得生痛，夏憐歌失聲喊了出來。

但在她轉頭看去的時候，眼前卻什麼都沒有，只有衣服被扭動的皺褶，還有從手臂清晰傳來的彷彿要扭碎腕骨一般的痛楚。

手臂上那些皺緊的紋理，緩緩的旋轉收縮，肌膚被攪勒的劇痛和眼前的景象，全部都是真實的。

就算明明在一開始就隱約知道這所根本不是普通學校，明明知道生活在身邊的有些學生並不是普通人，就算明明親眼看見過隔空取物——明明已經親眼看過了這種叫ESP的能力，卻從來沒有像現在這樣，讓她如此膽顫心驚——

會死掉的。

夏憐歌的心裡突然冒出這樣的念頭。

自己根本沒有那些可以跟這種不可思議的力量抗衡的能力，以卵擊石，除了逃跑之外，毫無辦法。

「愛麗絲被丟掉了，愛麗絲已經不能再靠近那位殿下了，但是妳這可恨的人卻——」

少女向著夏憐歌一步一步的走去。

夏憐歌忍住了因為疼痛幾乎奪眶而出的淚水，加快了腳步往前走，雖然知道再往深處可能就是森林保護區，但現在她已經走投無路了。

不是說只襲擊風評不好的女生嗎……

為什麼是我，為什麼我也會遭遇這種事……

夏憐歌拚命的移動雙腿，但少女的聲音仍然清晰的傳了過來——

「妳不離那位殿下遠點，愛麗絲就殺了妳。」

「那位殿下」？驚慌失措的夏憐歌突然想起了上次撿到的那條奇怪的手絹，上面一開始也是寫了一堆密密麻麻的「殿下」，難道那條手絹是眼前這個幽靈少女丟的嗎？自己就是因為撿了那東西，才會被她襲擊嗎……

「哥哥……招夜哥哥……」

救我！快點救我！

快點，誰都好，不管誰都好！快點來救我啊！

◇　◇　◇

蘭薩特跟十秋站住了腳，轉過身去，疑惑的看著佇足愣在原地的莫西。

「怎麼了，莫西？」

十秋的尾音未落，莫西的臉色就迅即慘白，並痛苦的弓下了身子，整個人踉蹌得快要軟倒於地上。

黑髮的少年稍稍露出驚訝的表情，急急走過去穩著他的肩膀，卻被對方用力攣住手臂，十秋可以清晰的感覺到他簌簌顫抖著。

莫西單手捂住眼，那些預見的光景像是洪水猛獸一般侵入他的腦海，發出的疼痛傳遍四肢百骸。

「……沒、沒事的……十秋閣下……很快就好。」他這麼說。

「——莫西？」即便聽他那麼說，十秋還是探詢一般的關切喚了他一聲。

對方卻頓了好一陣，才遲遲的回答：「……回、回去。」

「怎麼了？」蘭薩特不解的問道。

「現在快點回公園去……我看見、我看見夏憐歌出事了——！」

「什麼？」一聽到莫西這麼說的蘭薩特突然一臉的凝重和驚愕。「你說什麼！？」

「打電話給她。」莫西低吼：「快打電話給她——！」

已經顧不得理清思緒，蘭薩特拿出手機在通訊錄裡找到了夏憐歌的號碼撥打過去，約過了兩秒，他皺緊眉宇把電話拿離耳邊搖了搖頭，「有干擾，信號接不上。」

「那怎麼辦！」

「我們回去找人！」蘭薩特說罷，三人便轉身往舊雕像公園的方向跑去。

夏憐歌想要繼續逃跑，不過力氣已經被疼痛奪得所剩無幾了。她甚至覺得左手的手臂已經骨折，那種疼痛幾乎麻痺了她所有的感覺神經。

幽靈少女一路追擊，夏憐歌路過的那些雕像紛紛被無形的力量擊塌。

就像是被一隻無形的巨大手臂用力一捏，咯，出現裂縫，然後分崩離析。要是這種力度扭住自己的脊椎骨，夏憐歌簡直不敢想像那種扭曲的姿態和瀕死的痛楚。

奔跑的路程早已超出了體能所能承受的極限，她大口大口的粗喘，腳已經麻木到只是機械的移動著。

已經絕望了。

夏憐歌覺得自己的堅持已經快到盡頭了。

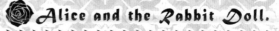

「嘀哩哩——」

「有信號了，朔月，在附近！就在這附近！」

蘭薩特叫住了跑在昏沉夜色裡的十秋朔月。

四周空寂，只有三人的呼吸聲。被清淡的月色浸染著的雕像公園，透出蒼白頹敗的氣息，就像患了不治之症的病人一般。

蘭薩特把手機貼在耳邊，但是等待接聽的待線音卻長得讓他煩躁，「搞什麼，夏憐歌！快給我接電話，妳這個沒用的騎士——」

剛才還完好的雕像和石像，現在大多數都只殘存著沒有被毀掉的基座。十秋朔月看著四周因為雕像被粉碎而落得滿地都是的亂石，臉色漸漸變得灰沉，他撩起額髮，把眼鏡緩緩的取了下來。

十秋玄黑的眼眸透出光澤，猶如夜間捕獵的嗜血野獸。

驀的，十秋朔月發出輕輕的嘆息，「真是，不得了的傢伙呢。」

手機的鈴聲一直響個不停，讓人覺得又厭惡又煩躁。

在緊要關頭的時候摔了一跤，從山丘上墜了下去逃過一劫，然而這對夏憐歌來說，算是最大的幸運了。雖然全身的骨頭都在痛，不過跟左手比起來，微不足道，她現在已經連站起來的力氣都沒有。

好痛，非常痛。左手的皮膚已經綻開，血染了一袖，衣服的皺褶卻還是被緊緊的絞著，血水一直往下滴。劇痛感甚至讓夏憐歌乾嘔起來。

電話還在響。是蘭薩特的專用鈴聲。

夏憐歌咬著唇爬起來去拿掉落在地上的手機，用沒有被扭斷的另外一隻手，按了接聽。

連把手機拿起來的力氣都沒有，她只能躺在掉落在地上的手機旁，聽著電話另一頭傳過來的聲音——

是蘭薩特焦躁的聲音。

「夏憐歌！？我說了三十秒內不接我的電話我就殺了妳的！妳在哪裡——？」

什麼嘛……就算你不殺我，我也覺得自己快死了。

夏憐歌想要這麼反駁，動了動蒼白的嘴脣卻是徒勞無功，一開口就因為劇痛而滿是呻吟。

手機那頭的聲音頓時冷硬：「怎麼了妳？夏憐歌？喂——發生什麼事？」

因為失血過多和劇痛的關係，意識越來越稀薄。也不知道是因為這個原因，還是信號不佳的緣故，電話那頭的聲音傳到她耳邊，無論如何也真實不起來。

「……來救……我……」僅僅的，只能用單薄的氣息吐出這句話。

因為不想死啊……

為什麼……

為什麼會發生這種事？

哥哥，我還不想死呢。在沒有找到你之前，我一定不能死。絕對……

「——請……救……」

「我明白。」蘭薩特用確鑿的語氣說道。

那個回答彷彿固若金湯的承諾，絕對不是安慰，而是確實會這麼做，是個會讓人不由自主的堅信他絕對能兌現的承諾。夏憐歌安心了一般沉靜了下去。

「現在我命令妳，在見到我之前，絕對不能合上眼。妳的回答——Yes or No?」

您的一切旨意，絕對服從。

「……Yes。」

腳下那一大片殘敗藝術品透著荒涼的味道。已經摘掉了眼鏡的十秋，用手把左眼擋了起來。若是只用右眼來直視的話，他便可以看見自己所在的地方的過去，這就是他的ESP能力。

眼前的景象頓時變得灰暗，存在於這個空間的記憶影像彷彿渾濁的汙水一般浸染著他的右眼，猶如正播放著帶有刮痕的黑白膠片電影，劣質的畫面，一下一下，有著不連貫的跳躍。

蘭薩特焦慮的問：「看得見嗎，朔月？」

「看得見。」十秋緩緩的回答，順著某個方向往雕像公園深處的森林保護區走去。一路走下去，地方越來越僻靜，一些倒下的旱草有明顯被踐踏過的痕跡，蘭薩特和莫西跟在十秋身後。越往裡面走，地面開始出現血跡。蘭薩特皺緊了眉宇。

「馬上就會找到妳的。」

電話那一頭的蘭薩特彷彿正壓抑著不安與焦躁，用那種冷靜得讓人覺得安心的語氣這麼說，夏憐歌覺得好笑，但又不禁心頭一暖。

「……手……很痛。」

蘭薩特沉默了。夏憐歌意識到自己那句話就像是撒嬌一樣的時候，已經遲了。手機那頭的蘭薩特發出笑聲，不低俗卻又不怎麼高雅的笑聲。

「不會痛。」他這麼說。

咦?夏憐歌有那麼一瞬間的錯愕。

聽見他這麼說，之前那種銘心刻骨的劇痛，馬上就銷聲匿跡。

夏憐歌低頭看去，左手依然絲毫無法動彈，但是聽見蘭薩特說不會痛，就真的完全不再感覺到一絲痛楚。只是血水仍舊一直順著衣服的紋理淌出來，血跡從剛才摔落的地方，一路拖曳到自己的腳邊。

「是紅色的薔薇——」蘭薩特的聲音再次從耳邊傳來。

於是那些冶豔的血色，儼然就像有了生命一般延伸攀爬出藤蔓，中空的花托，開出血紅色的花瓣和萼片，一直蔓延到夏憐歌的左手。夏憐歌一垂眼，便看見自己握了大片大片的野紅色花蕾。

「……為什麼……這樣呢?」

夏憐歌嗅到了腥甜的馨香。

「夏憐歌，找到妳了。」

蘭薩特的身影從頭頂籠罩下來，感覺身體被扶了起來，不知道對方對如此狼狽不堪的自己露出了什麼表情，是同情憐憫或者奚落嘲諷，夏憐歌在昏暗的月色下無法看清，唯有聲音清晰得彷彿能夠觸摸到脈絡一般——

「直到見到我為止都沒有合上眼，很好的服從了命令啊，夏憐歌。」

眼前的少年這麼說。

蘭薩特把夏憐歌揹起來，左手的血滴落到蘭薩特的衣服上，頃刻，蘭薩特的肩上開出了大朵大朵猶如綴著鴿血寶石般的冶豔薔薇。

夏憐歌倏的發出驚嘆。

「現在，馬上就帶妳回去。」

蘭薩特站了起來，呼吸的起伏順著背脊的顫動傳了過來。伏在他肩上的夏憐歌一直保持沉靜，看見蘭薩特舉起左手，沒待她覺察，耳畔傳來了一個清亮的響指。

就在那一剎那，她感覺劇痛再次翻山倒海的湧了上來，而蘭薩特肩上那些紅得近乎灼傷視線的薔薇花，也跟著夏憐歌那本已不堪重荷的意識一起，迅速的，枯萎了下去。

04

迷宮✢逃脫戰✢幻想具現化

「太失禮了夏憐歌。不管妳究竟有多麼迷戀我，但是這種裝著做惡夢，然後藉機親近暗戀對象的把戲，未免過於老套吧？」

思維迅即當機數秒，夏憐歌回過神時赫然發現自己手裡緊緊拉住的，正是蘭薩特那身鑲著銀邊的黑色制服的衣領！

✢ A Man's Fantasy Which Is Crystallized. ✢

那裡是一片黑暗。無邊無際的，像是被巨大蝠翅包裹起來的黑暗。

穿著哥德式短裙的少女懸浮在黑暗裡。她的懷中抱有耳朵垂至地面的兔子布偶。她發出的聲音冰冷而單調──

「【吡──】殿下說過，他需要愛麗絲。」

在名字那裡，像是經過簡單粗糙的機械處理，被替換成了彷彿驟然失了信號的收音機那般的雜音。

「所以，只要能夠待在【吡──】殿下身邊，無論要讓愛麗絲幹什麼都可以。」

「但是愛麗絲最後還是被丟掉了。」

「愛麗絲再也無法待在【吡──】殿下身邊了，所以所有人都別想待在他身邊。」

少女抬起食指輕輕的壓在自己的嘴唇上。

「所以呦，妳再接近【吡──】殿下的話，愛麗絲就砍掉妳的頭。」

懷中的布偶突然像是被解開了詛咒的古老封印一樣，開始在黑暗中迅速伸展成一把鋒利並泛著寒光的巨大鐮刀。少女將它高高舉起——

「砍了妳們的頭。全部砍掉。」

宛如驕傲得不可一世的紅心女王，她舉著鐮刀狠狠的劈了下來。

左手臂突然傳來了劇烈的疼痛，夏憐歌有些驚慌失措的伸出手意圖抓住什麼東西，直至確認自己手中確實握著有實感的物體後，才稍微安靜了下來。接著，她額頭開始不斷的滲出冷汗。

耳畔突然傳來了令人討厭的聲音：「是第一個讓支配者揹著回來的騎士不說，受了傷也要待在儲君專用事務廳裡，讓我們兩位儲君守在旁邊伺候著，現在我堂堂的蘭薩特閣下還要充當妳做惡夢時隨手一抓的浮木嗎……妳真該感到榮幸呢，夏憐歌。」

幾乎條件反射的張開口朝對方吼回去，然而夏憐歌動了動脣，卻發現自己的喉嚨異常乾啞。她嚥了嚥口水，吃力的緩緩睜開了緊閉著的眼睛——

映入眼簾的是蘭薩特那張不知被放大了多少倍的臉，此時他璨若星辰的柚木綠色眼眸有些不懷好意的瞇了起來。

「太失禮了，夏憐歌。不管妳究竟有多麼迷戀我，但是這種裝著做惡夢，然後藉機親近暗戀對象的把戲，未免過於老套吧？」

思維迅即當機數秒，夏憐歌回過神時赫然發現自己手裡緊緊拉住的，正是蘭薩特那身鑲著銀邊的黑色制服的衣領！

蘭薩特那帶著輕蔑的魅惑笑聲從頭頂上低低的傳了過來，夏憐歌接下來的反應倒是當機立斷，她舉起右手張開五指，毫不猶豫的，朝蘭薩特的臉上搧過去。「啪」的一聲聲響如同飛機掠過之後的巨大餘音，在事務廳裡經久不衰的迴盪著……

握著PSP、正用一臉好學生表情專注於遊戲的十秋朔月突然一個手滑，全然不顧此時螢幕上顯示出來的Game Over，抬起頭看著眼前這足以讓氣溫迅猛下降至絕對零度的一幕。

驀的，蘭薩特周邊的低氣壓頓時被他那從心裡翻滾出來的怒火點燃。

「夏憐歌！妳居然敢打妳的支配者！」

「這叫正當防衛吧混蛋！在睡著了的女生旁邊把臉湊這麼近的你才是圖謀不軌的傢伙，被打也是理所當然！」顧不得疼痛的嗓子，夏憐歌朝他怒喊出聲，緊接著便護緊胸口迅速往後挪過去。

「……妳也不想想究竟是誰扯住我的衣領不放！」

露出一副不敢置信的表情，蘭薩特站起身，不顧紳士禮儀的朝她大吼：「而且要是在我臉上留下了痕跡怎麼辦！就算要讓我洩憤，拿強氧化劑在妳那張看起來像是被埋在土裡幾千年了的腐屍臉上亂潑，我也不可能會因此得到一絲的滿足啊！」

你說誰的臉看起來像被埋在土裡幾千年了的腐屍臉啊！

「而且——！」因為冒犯到他的容顏尊嚴，蘭薩特絲毫不肯甘休。「要是對妳這種臉圖謀，我還不如抱著鏡子睡！」

「夠了自戀狂！你給我滾！給我去死啊啊啊——」一邊這樣尖叫著，夏憐歌一邊用右手抓起沙發上的枕頭朝蘭薩特狠狠的扔了過去。

一個轉身輕巧的躲過了她擲過來的「凶器」，蘭薩特原本還想繼續為自己無故被搧的臉討回一個公道，但是看著夏憐歌那張氣喘吁吁、並且因為疼痛而再次冒出冷汗的臉，他卻只是沉下了臉，冷哼一聲。當他疾步走到門口要離去的時候，夏憐歌似乎聽見他輕聲的低吟了句「不會痛的」。

就在那一瞬間，原本還痛得讓她扭曲了整張臉的手臂真的就不再疼了，就跟昨天晚上聽手機那頭的蘭薩特低吟了一句「不會痛」之後的情況一樣。

她驚訝的幾乎叫出聲來，抬起頭，卻已經看不見蘭薩特的身影。

坐在旁邊繼續打遊戲的十秋似乎察覺到了她的疑惑，頭也不抬的說了句：「彼方用了ESP而已。」

「咦？那個自戀狂的EPS是讓人的痛覺消失，或者將血變成薔薇花之類的嗎？」

看著自己那隻依然有點僵硬、但已經不會再痛了的手臂，夏憐歌不禁有些好奇。

十秋朔月並沒有回答，似乎是因為遊戲正打到高潮的緣故。

到了最後，夏憐歌也不打算再深究，便重新躺回到沙發上，就在這時候，她聽見了十秋那彷彿自言自語般的輕聲喃喃——

「他已經能這麼熟練的操控語言的能力了嗎……？」

……誒？

◇ ◇ ◇

真是流年不利。

夏憐歌無聊的在銀角區與久原區接壤的中庭裡閒逛，看著自己那隻包紮著白色繃帶的左手臂，不禁覺得有些煩躁。

本來她只是以找到失蹤了兩年的哥哥為目標考上這所學院的，根本不想跟什麼騎士制度有所關聯，更不想被捲入這些亂七八糟的事情當中。現在倒好，開學還不到幾天，她就因為那些原本與自己無關的麻煩而光榮掛彩，還因此請了幾天的假。

更讓人惱火的是，那晚蘭薩特將受傷的自己揹回事務廳的事情不知道被誰看到了，導致學院內流言四起，諸如「蘭薩特閣下救起因為配不起他而羞恥得要自殺的夏憐歌，於是孤男寡女四目相對欲拒還迎乾柴烈火……」此類謠言，一時間人盡皆知。

現在無論她走到哪，都可以免費享受到「萬眾矚目」這一種明星待遇，偏偏向她矚目的都是一群一臉含恨的少女……

夏憐歌揉了揉自己那動彈不得的左臂，正想為此懊惱的嘆上一聲時，眼角餘光卻意外的被前方大約距她十多公尺遠的一扇隱蔽小門吸引住了。

夏憐歌好奇的走上前去，離得近了才發現，與其說那是一扇門，倒不如說是被野獸隨意刨出來的一個口，上面蓋著一塊像是泡在水裡久了、長著濕滑青蘚的木板。洞口四周的雜草宛若水蛇般肆意的在日光裡搖曳著，那種綠得發亮的青色，不知為何讓人感覺不太舒服。

不過這綠色的草，倒是與後面那塊黴得發青的木板恰到好處的融合在一起，這次若不是她湊巧看到，平時還真的不會有人注意到中庭裡有這麼一個奇怪的洞口。

夏憐歌皺了皺鼻子。木板那股潮濕的黴味與野草的腥味混合起來讓人有點難受，然而在這些味道之中，她又好像聞到了一股似有若無的花香。

那似乎是從那個洞裡面傳來的。

夏憐歌站在原地許久，好奇心像隻撒嬌的貓一樣撓得她心癢癢，不知道為什麼，她對這個小洞非常在意，感覺好像只要穿過它，就能到達另外一個綺麗旖旎的世界。

最後，她終於下定決心般的握了一下拳，伸出右手小心翼翼的去掰開那塊木板。看起來快要朽成落灰的木板倏的發出了「吱嘎——」的呻吟，她瞇細了雙眼，發現木板上還寫有一句話——

「Don’t miss yourself.」

句末加了個塗鴉的笑臉，只不過如今那些筆劃裡長滿了灰綠色的黴，如同一個不懷好意的冷笑。

洞口並不大，夏憐歌要彎著腰才能鑽進去。右腳剛踏入洞口，一股撲面而來的寒氣便讓她不由自主的打了個冷顫，裡面不出所料是一片冷澀如子夜的黑，夏憐歌嚥了嚥口水，還在遲疑是否要繼續前進的時候，盡頭隱隱約約暈出來的暖光瞬間吸引了她的視線。

那昏黃的光線彷彿流瀉開來的蜜，夏憐歌如受到了蠱惑般，情不自禁就朝著那一抹明亮走了過去。琥珀色的光芒隨著她邁出的步伐緩慢浸染開來，這片狹窄的黑暗被漸漸的驅褪了。她又聞到了花香。

光近在眼前了，夏憐歌屏住了呼吸，如一條躍出海面的幼鯨猛的朝那抹暖色衝了出去。擺脫了洞裡陰沉沉的黑暗，她一下子被眼前的景色驚呆了。

目光所觸及之處是一片絢麗到近乎糜爛的色彩，紫的、紅的、藍的、橘的、粉的，各式顏色鮮豔的植物在這裡肆無忌憚的綻放著。它們彷彿來自於詭譎奇幻的夢境，生長的姿態是夏憐歌從來都未曾見到過的，就連一朵尚未盛開的花蕾都幾乎與她等高。她只覺得自己好像踏入了一個奇妙的童話世界，變成一隻小小的妖精，若是有人跟她說這裡居住著會古老魔法的女巫，她也不會懷疑。

夏憐歌發出了小小的驚嘆。不知道是這地方太大，還是她的視野被這些紛繁的植物遮蓋住了，無論她怎麼望也望不到邊界。頭頂是一片日落時分時布滿了彩霞的天空，光被濾成曖昧的暖黃色傾瀉而下，夏憐歌不禁感到困惑，現在明明是正午時分，為什麼這裡卻是這樣一幅黃昏的景象呢？

再定睛一看，那片被火燒紅了的蒼穹中的雲彩，如同被固定起來一般，絲毫不見飄動的痕跡。

難不成……這片天空是人造的嗎？

不過下一秒，這些疑問就被夏憐歌拋諸腦後，因為這裡甜美芬芳的氣氛猶如甘醇的美酒般，幾乎都要將她整個人醺醉了。

想不到學院裡居然還有這種地方，果然有錢人什麼的全部都是敵人！敵人！

夏憐歌不平衡的冷哼了一聲，可是又耐不住少女心的蠢蠢欲動，見四周沒人，她裝作小淑女的模樣一臉陶醉的閉上眼睛，微垂下腦袋輕輕的嗅著花香。

鼻尖瀰漫著一股如蛋糕般又甜又軟的香氣。

這種時候，要是再配上一個睡在花叢裡的纖弱美少年，就是王道少女漫畫劇情啦！

夏憐歌一邊自顧自的妄想，一邊傻笑著睜開了雙眸，映入眼簾的植物形狀如放大了的火鶴花，披針形的豔紅色花朵微微下陷，宛若一個精緻的餐盤，小心翼翼的托著一份淋著哈密瓜果醬的法式烤布蕾。

法式烤布蕾啊……

等等，是不是有什麼地方不對？

她愣了一下，又湊近了那朵火鶴花瞇細雙眼，花朵下方是布滿了鱗片脹成團的「莖幹」，兩顆剔透的金綠色寶石鑲嵌在那「莖幹」上面，彷彿一雙正直勾勾盯著她的瞳孔——

不對，不是「彷彿」！這根本就是一雙眼睛啊！

還沒反應過來，夏憐歌就看見那團「莖幹」突然伸出一條細長的黏嗒嗒的舌頭，以迅雷不及掩耳之勢在她臉上舔了一下。

世界就這樣停滯了一瞬。

夏憐歌呆呆的擦了擦自己的臉頰，嘴裡發出了意義不明的嗚咽：「嗚……嗚……」

——「嗚啊啊啊啊啊啊啊啊！」

五秒鐘之後迸發出的淒厲慘叫似乎讓圓溜溜的地球顫抖了那麼一下。

「嗚哇！」

伴隨著另外一聲驚叫，驚魂未定的夏憐歌聽到附近的花叢裡傳來了「砰」的一聲，立刻條件反射的從花盤上搶過烤布蕾握在胸前當手榴彈：「是、是誰！不要過來啊！」

「住手！」一個人影忽的從花叢裡竄出來與夏憐歌僵持著，明明是一副睡眼惺忪剛剛被吵醒的模樣，可居然也能在這種狀況下做出「傳家之寶即將被人炸成粉末」的驚恐表情，抬起手來指向她手上的甜品，「別動我的烤布蕾！」

「……」夏憐歌看著對面那個滿頭枯葉的傢伙，臉色跟被雷擊中的危房一樣垮了。

「莫西，你在幹什麼？」

「我才想問妳呢！妳要對我的烤布蕾做什麼！」嘴角還黏著奶油的美少年輔導員像隻被惹急了的兔子，似乎隨時隨地都會撲咬過來。

雖然已經明瞭了對方的身分，但在這微妙的對峙氣氛中，夏憐歌仍舊不自覺的保持著自衛姿勢。「那這樣，我數一二三，我們一起把武器放下行嗎？」

「我哪有拿什麼武器啦！」

「……」

鬧劇就這樣在莫西差點為被挾持的烤布蕾哭出來的表情裡落下了帷幕。

「所以說，不就是一份烤布蕾，你犯得著氣成這樣嗎？」

夏憐歌坐在一個橘紅色的南瓜上，有些無奈的看著眼前背對著她的莫西。

擺在面前的是充當桌子用的巨大平頂蘑菇，旁邊開著四朵顏色各異的蘭花，用手一擰還能擰出不同口味的蜜汁來。

這些在這個奇怪的花園裡似乎都是挺常見的設施，但大都被各種龐大又豔麗的植物掩蓋了起來，夏憐歌一開始也沒有注意到它們。

背對著夏憐歌的莫西冷硬的回答：「因為那是最後一個了。」過了半晌，又補充了一句：「而且淋了兩倍的哈密瓜果醬。」

夏憐歌無語了，她看著頭部頂著火鶴花氣定神閒的趴在蘑菇上的蜥蜴，驀的嘆出一聲來，「可是你的烤布蕾不是還好好頂在那捷爾的頭上嗎？」

其實她也很想吐槽那捷爾的造型——你是在COS妙蛙種子嗎？但是選錯道具，也頂錯地方了啦！

莫西沉默了一陣，終於轉過身來慢悠悠的吐出一句：「好吧，原諒妳。」

他的反應讓夏憐歌情不自禁的笑了出來，想起被愛麗絲襲擊的事時又掛心的問道：「說起來，聽蘭薩特說你那次使用了預知，好像是種會影響身體的能力呢，你還好吧？」

「嗯，因為不是什麼大型的預知，所以也沒有對身體造成太大的負荷。」說著，莫西閒散的伸了個懶腰，「而且只要待在這裡，我一般都恢復得很快。」

「咦——？」夏憐歌有些訝異的環視了下四周，「雖然這裡給人感覺是挺舒適的，但是……」

「是吧？妳也覺得這裡很棒吧？」莫西突然一臉找到同好的興奮模樣。「不過我最喜歡的還是頭上這片人造天空！它是被設置成永遠的黃昏哦，所以無論什麼時候過來都能看見這一幅浪漫的薄暮美景呢！」

「果然是人造的天空。確實很漂亮呢……不對，我想問的是為什麼待在這裡就會『恢復得很快』啊？難道這個花園的真面目是座醫院，還具有治療功能什麼的嗎？」

「誒，不是哦。」莫西將那捷爾招呼了過去，拿起勺子開始向花盤中的甜點下手。「對了，夏憐歌妳是新生，應該還不知道三年前的『幻想具現』事件吧？」

「『幻想具現』？」

——那個是什麼呀？

夏憐歌臉上打了個大大的問號。

「簡單來說，『幻想具現』是一種可以將內心所想實體化的ESP能力。」莫西咬住勺子，左臉頰像蓄滿食物的倉鼠一樣鼓了起來。「『幻想具現』是一種消耗非常大的能力，所以一般人都只能實體化出一些小物品，類似手鐲、小刀之類的東西，能實體化出一個人的話，就算是很優秀的能力者了。」

「可是呢——」說著，莫西將目光移向夏憐歌，「在三年前，有個人使用這個能力造成了一場非常大的動亂。」

「誒——你就不要再吊我胃口啦！」夏憐歌看起來似乎有些不滿。

或許是在報復夏憐歌剛才差點摔爛了自己最後一個烤布蕾，莫西得意的「哼哼」了幾聲，又孩子氣的故意岔開了話題，在對方幾欲抓狂的時候才終於一臉滿足的笑起來，繼續解答夏憐歌的疑惑——

「他實體化了一場戰爭。」

「啊?戰爭?」夏憐歌一下子沒反應過來,「兩個死宅的遊戲大戰之類的嗎?」

「才不是咧,我以前不是跟妳說過嗎?這個島上很久以前曾經存在過兩個國家——賽爾雅緹和圖柏斯。他把這兩個國家之間的一場重大戰役實體化出來了。」

夏憐歌愣了一下,過了好久才不敢置信的喃喃道:「不是吧……?」

實體化出一場戰爭的話,就代表他把當時的千軍萬馬全都還原出來了……?剛才莫西也說了,「幻想具現」是種消耗很大的能力,但是那個人居然能……

光是想像一下戰爭場面,夏憐歌的喉嚨就不由得一陣發緊,卻耐不住好奇心的繼續追問道:「那結果呢?結果怎樣了?」

「實體化的地點是在學院中央的鐘樓那邊——一直延伸到我們現在待著的這個地方。」

回想起這件事,莫西還是忍不住微微的斂起了眉,「戰爭場景並沒有維持很久,大概只有短短的三、四秒時間，但這已經給這個地區帶來了非常嚴重的傷害，還有一些學生也被捲了進去，不過好在人數不是太多。」

「你們就沒有好好調查一下嗎？這麼大的事故真的只是一個學生搞出來的？」

「嗯……當時我們也覺得非常不可思議。」紅髮少年用手抵著下頷，一副若有所思的模樣。「那名少年是事後被殿騎士聯盟在事故現場找到的，當時他雖然清醒著，但似乎已經沒有屬於自己的意識了。他渾渾噩噩的樣子，看起來簡直就像已經失去了靈魂。」

「這是怎麼回事……」夏憐歌一臉愕然。

「大概是使用的能力超出了自己的力量範圍，導致力量反噬吧。」

莫西又舀了一匙烤布蕾塞進嘴裡，驀的又像是突然想起了什麼一般，「啊啊，不過一開始大家對這場事故也是完全沒有一點頭緒，因為幾百年前的古老戰爭重現什麼的，實在太讓人匪夷所思了。後來是殿騎士和學生會翻查了那位少年的檔案，發現他擁有『幻想具現』這種ESP能力，才把這場動亂定義為『幻想具現』引起的事故，畢竟也只有這種力量才能製造出那樣子的災難吧。」

說到這，莫西又不由自主的露出了困惑的表情，「可是這樣也說不通呢……就算能力再怎麼強，我覺得實體化出一場戰爭這種事也已經不屬於人類的範疇之內了，而且……」

他的神色瞬間落寞了下來，「而且，那種充滿了鮮血和死亡的絕望場景，真的是逼真到只要看了一眼就會痛哭出聲的程度。」

即便不去計較他的能力強弱，但是明明只是一個從未親臨過戰場的少年，為何能想像出那麼真實的殺戮場面？

一旁的夏憐歌不知為何心裡驟然一冷，「那果然……還是有人在幕後操縱著他吧？」

「這就不清楚了。」像是剛剛才從戰役裡那布滿了恐懼和彷徨的氣氛中恢復過來，莫西輕輕的搖了搖頭。「不過，的確是從他身上搜出了與黑騎士聯盟有關的東西。他是那邊的人應該是不會錯了，所以有黑騎士在背後協助他也不足為奇。」

又是黑騎士聯盟？

夏憐歌皺了皺眉，之前就已經聽蘭薩特說過了，這個組織一直都在暗地裡與學院對抗，目的似乎是想要篡奪學院的管理權和控制權，沒想到他們在三年前就已經鬧出過那麼大的動靜了，那「幻想具現」事件有沒有可能是他們為了謀篡權位而走的一步棋呢？

哥哥的失蹤……又會不會跟他們有關？

見夏憐歌一下子不吭聲了，莫西抬起手掌在她眼前晃了晃，「嘿，夏憐歌，想什麼呢？」

「啊……沒什麼。」夏憐歌的思緒頓時從迷霧重重的懸疑氛圍中被拉回到色彩豔麗的童話裡。她看了眼四周那些包圍著自己的巨大植物和一直布滿彩霞的火紅色天空，才突然記起了最開始提起這個話題的目的。

「那這些事情跟這個具有治療功能的奇怪花園有什麼關係啊！？」

「哦哦！」聽她這麼一講，莫西也像是才剛剛想起這件事似的，有些不解的用手撓了撓頭髮，「說起來也是挺奇怪的，『幻想具現』事件過後，在那些被實體化牽涉到的土地上逐漸形成了一個ESP磁場。嘛——雖然這個磁場一年比一年弱就是了，感覺就好像在那場事故過後，殘留在這些土地上的力量慢慢聚集起來，又慢慢的揮發掉一樣。」

「ESP磁場？」夏憐歌有點不滿自己又聽到了從來沒聽過的詞語。

「嗯，ESP能力者聚集的地方通常都會形成ESP磁場，不過大多數都是非常微弱的，基本上不會對能力者本身造成影響。」看著她那明明不爽卻又忍不住想提問的樣子，莫西有點忍俊不禁。「但是稍微強烈一點的ESP磁場——比如『幻想具現』事件之後形成的這個，對能力者來說就具有『充電』的作用。」

說到這，莫西眨了下眼睛，露出了個「懂了嗎」的表情。

「啊。」夏憐歌恍然大悟的捶了一下手掌。所以莫西才說他在這邊待著就恢復得很快。

「這麼說，ESP磁場是越強越好囉？」

「不是這樣的，太過強大的磁場反而會對能力者的EPS能力造成干擾。」那捷爾頂在頭上的烤布蕾就剩最後一口了，莫西有些戀戀不捨的看著它，最後還是情不自禁的伸出握住勺子的手，「這裡的磁場就恰到好處啦，這座花園也是十秋閣下為了讓我們這些能力者能夠盡情的享受『充電』而造起來的哦。」

「……」聽到是十秋為ESP能力者建造的花園，不知為何，夏憐歌對這座花園的好感度立刻降了五十個百分點。

將冰涼柔軟的餡塞入嘴中，甜甜的香氣就散開在了舌尖上，莫西像個小孩子般露出了心滿意足的表情。「而且這裡的設計也是十秋閣下一手操刀的，植物都是真真假假混合起來的呢，看起來不錯吧？」

腦海裡迅速出現眼裡布滿了閃亮的星星與碎鑽、猶如八〇年代少女漫畫男主角的十秋站在一片花海中的場景，夏憐歌不禁滿臉惡寒的抱著雙臂抖了抖。「呵呵……真看不出來十秋那麼有少女情懷。」

緊接著，她又立刻換上一張春暖花開的笑臉，「不過這裡看起來好像很冷清哦，大家都被十秋的低氣壓嚇到了嗎？」

「這個嘛……」莫西撓了撓臉頰，目光往其他方向飄了過去。「大、大概是因為十秋閣下把這裡設計成迷宮的緣故吧，障礙太多，面積又大，出口似乎是在舊雕像公園和鐘樓那邊，而且一路上好像還安了很多機關。以前聽說有人被困在這裡十多天呢，後來學院費了好大的勁找到他們的時候，這些人的眼神都快死掉了……哈哈哈，真不敢想像他們究竟都在這裡面經歷了些什麼。」

莫西一臉「哎呀真受不了十秋閣下」的表情呆笑了起來。

「……等等莫西你剛才不是說這裡是為了讓人盡、情的享、受『充電』才建起來的嗎？」夏憐歌覺得自己已經快吐槽不能了。

「呃！」莫西被噎了一下，過了半晌才默默的把話接下去：「十秋閣下的惡趣味嘛……」

這傢伙的惡趣味也太讓人討厭了好嗎！他的個性究竟糟糕到什麼程度啊！

額頭劃下了一片黑線，夏憐歌無法抑制的抽了抽嘴角，「都有人被困在這裡過了，你還敢到這邊來，莫西你對十秋是實實在在的真愛啊。」

「因為我都只待在入口旁邊而已啦，只要不往深處走的話，其實也不會遇到什麼大麻煩。」莫西伸了一個大大的懶腰，「而且我覺得這裡真的挺舒服的，沒事帶本書來坐坐也不錯。」

喂，真的嗎……

「啊，感覺時間也不早了，我們出去吧，夏憐歌。」

莫西拍了拍衣服站起來，微俯下身將手伸到趴在蘑菇桌子上一動不動的那捷爾面前。這時的那捷爾頓時像是被啟動了開關，晃了一下尾巴就如閃電般瞬移到莫西肩上。夏憐歌有些無語的看著爬到莫西肩上後又開始一動不動扮石雕的蜥蜴。

在莫西轉身準備打道回府的時候，夏憐歌才發現蘑菇桌上放著一本如磚頭般厚的書籍。

封面上寫著「領地歷史學」。

好像剛才一直被那捷爾當墊腳石了，她完全沒有注意到這東西。

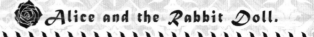

看著前面已經越走越遠的莫西，夏憐歌拿起書急急忙忙的追上去。「等等啦莫西！你漏了一本書沒拿。」

「啊，抱歉抱歉。」雖然是這麼說著，但語氣一點也不誠懇。莫西停下腳步，撓撓頭髮爽快的笑了起來。「原本是想趁在這裡休息的這段時間把課備好的，結果因為實在太無聊就睡了過去。」

「備課？」遞回書本的夏憐歌滿臉狐疑，她還以為輔導員就是個專門打雜的角色。

「嗯，教這門課的老師最近身體不太舒服，就拜託我幫他代一下課。」莫西接過書後隨意的翻了翻，一頁接一頁密密麻麻的文字讓他忍不住垮下了整張臉。「嗚哇……所以我真的超不擅長這些東西，只看一眼就感覺好像見到了地獄。」

……讓你這傢伙去教學真的沒問題嗎？怎麼想都覺得不可靠啊？

接著，夏憐歌就默默的跟在莫西身旁，看著苦瓜臉的莫西把書翻得嘩嘩響。驀的，一個看起來甚是眼熟的圖像突然從書頁上一閃而過，夏憐歌滯了一瞬，下一秒立刻條件反射的跳上去按住了莫西的手，「誒——等等，這個……」

恰好翻到的那一頁講的是賽爾雅緹的王室組成，右上角附了一張少女的畫像，金色的髮、碧藍的眸，秀氣的雙眉微微下撇，表情又寧靜又悲傷。

「啊，這個啊……」見到夏憐歌那一臉認真的神色，莫西不知為何忽然興致盎然了起來。「她就是我上次跟妳說過的維朵爾公主哦，是個大美人吧？島上關於她的傳說其實也是非常多的，就像是她跟……」

比起無聊的正史，莫西似乎對這些稀奇古怪的傳說更感興趣一點。

不過，雖然莫西滔滔不絕的講著傳說，但夏憐歌已經沒有在聽了。她用指腹輕輕的撫拭著那張畫像，腦海裡浮現出愛麗絲那張冰冷的、毫無機質的臉來。

好像……

畫上這個人長得跟襲擊她的幽靈少女愛麗絲好像……

不，不對，從時間順序上來說，應該是愛麗絲長得很像畫上的這位少女。

這究竟是怎麼一回事……

「夏憐歌？」終於止住了話匣子的莫西，這才看到夏憐歌凝視著畫像出了神的模樣，不禁有些擔憂的拍了拍她的肩膀。

「啊，不，沒什麼，只是想到了有點奇怪的事情……」回過神來的夏憐歌一把將書塞回莫西懷中，收回雙手插進衣袋裡尷尬的笑了起來。就在這時，右手好像觸到了什麼軟軟的東西，夏憐歌條件反射的將它抽出衣袋——

是上次撿到的，那條一開始寫滿了奇怪的短語，但是在後來卻莫名其妙的變了內容的花手絹。

望著手絹的目光一滯，夏憐歌突然想起了，在最先看到這條手絹的時候，上面那些詛咒般的短語中有「兩個月亮」這樣子的詞語。

——傳聞在公主出生的時候天邊出現了兩輪明月，國王便因此賦予了她「維朵爾」——月光女神的名字呢。

霎時一個靈光從夏憐歌腦中閃了過去，書上看到的那張畫像和幽靈少女的臉，在她眼前重疊起來，她又想起了剛剛莫西說過的「幻想具現」事件。

三年前引起動亂的人，甚至實體化出了賽爾雅緹和圖柏斯之間的一場戰役，那這次的幽靈少女，會不會也是有人使用這個能力實體化出來的維朵爾公主呢？

果然還是黑騎士聯盟在搞鬼嗎？

「喂，夏憐歌，妳真的沒事嗎？」看著表情千變萬化的女生，莫西憂慮的伸出手摸向她的額頭，「是吃壞肚子了嗎……」

結果下一秒，對方就像隻被踩到尾巴的貓一樣跳了起來，「抱、抱歉！突然想起個急事，我先走了莫西！」

緊接著，夏憐歌就跟踩了風火輪似的，急急忙忙的朝入口奔了過去。

◇　◇　◇

當夏憐歌回到事務廳的時候，蘭薩特和十秋朔月兩人正在興高采烈的打乒乓球。

其實，與其說是兩個人一起打，倒不如說是十秋在單方面的發球，而興高采烈的也只有蘭薩特一人而已。

那邊十秋的腳旁擺了整整一筐的乒乓球，只見他心不在焉的揮動著球拍，將從筐裡拿起的一顆球往蘭薩特的方向發過去；鬥志昂揚的蘭薩特立刻朝直衝而來的球「唰」的揚起了球拍，霎時空氣中彷彿燃起了一條火痕，於是「啪」的一聲後又「匡啷」一聲，乒乓球在距離他們五公尺外遠的書櫃上擊出了一個球印。

見狀的十秋沒有任何反應，彷彿是習以為常。他又從筐裡再取出一顆球，將上述的發球步驟再重複一遍後，乒乓球將掛在天花板上的豪華吊燈撞得「叮噹」響。

夏憐歌一臉「……」的站在事務廳門口，看著不知什麼時候出現在事務廳裡的乒乓球桌和遍地的狼籍，以前她一直以為有錢人在休閒娛樂上，通常都會選擇網球或者高爾夫球之類的運動來提高時髦值，但現在眼前乒乓球亂飛的場面，讓她開始對自己以往的認知產生了嚴重的懷疑。

身後是充滿了衝擊感線條的熱血少年漫畫背景的蘭薩特，此時就跟一臺暴走的無差別遠程攻擊兵器一樣。

面無表情的夏憐歌心裡那「我和有錢人世界的距離就跟甜豆花黨和鹹豆花黨之間的鴻溝一樣無法跨越」的想法，立刻換成了「不，無法跨越的果然還是這兩個傢伙跟正常人世界間的距離吧」。

「啪」的一聲，最後一顆球落在了夏憐歌的額頭上。

「嗚……！」被疼痛拉回思緒的夏憐歌捂住似乎已經腫起來了的前額，抬起眼來憤懣的朝那邊的始作俑者大喊：「幹什麼啊！蘭薩特！」

「啊，不好意思。」好像這時才發現她一樣，甩掉球拍的蘭薩特一臉不屑的脣角下撇，哼道：「妳太沒存在感了以致幾乎和背景融為一體，我剛剛沒看見妳呢。」

「我殺了你啊混蛋！」夏憐歌簡直想把地上的球全撿起來扔他臉上。

照你這球技和討人厭的個性，就算看到我也照樣會把球打過來的好嗎！

見蘭薩特已經退了興致的十秋扶了扶眼鏡，伸手將制服的袖子放了下來，那張永遠只有一個表情的臉上居然隱隱約約的顯出了無奈的神色。看到這一幕的夏憐歌不禁有些愕然，原來以為他也是那種十指不沾陽春水的少爺，沒想到他現在看起來似乎還打算親手幫蘭薩特將事務廳收拾乾淨呢……

結果下一瞬間，就見他把手伸進褲袋將手機掏了出來，撥了通電話，用嚴肅的語氣吩咐道：「殿騎士聯盟嗎？嗯，派幾個騎士過來。這次沒那麼嚴重，工具就不用帶太多了，不過錘子木板之類還是要的，書櫃稍微有點壞了……唔，雖然重新訂做一個也可以，不過我還是覺得節省一點好。」

喂！拜託讓我剛才那美好的妄想存留久一點、不要在一秒之內打破它好嗎！節省個頭啊！真節省就不會放任蘭薩特在無聊時（用乒乓球）亂砸東西玩啦！

還有，殿騎士聯盟這部門究竟是幹什麼的？為什麼連清潔工作都要讓他們來做啊！所謂騎士的榮光，就是幫你們洗地板嗎！？如果這個世界存在著騎士之神的話，他簡直會為你這種不負責任的行為憤怒到絕食啊！

夏憐歌覺得自己的內心現在就跟遇到了大型土石流一樣翻天覆地。

蘭薩特倒是一臉無所謂的撇撇嘴，大大剌剌的走到沙發前坐下，儼然一副「有事稟奏無事退朝」的天子模樣。「手上的傷還沒好幹嘛不在房裡待著休息？到這邊來有什麼事？」

一句不算溫柔的慰問，霎時將夏憐歌心中所有抱怨都堵了回去。

「唔……沒什麼啦。」被澆滅了大半火氣的夏憐歌有些彆扭的跟著走過去坐下，真是的……這或許只是他一時興起的問候而已，自己為什麼總是這麼心軟呢？

在蘭薩特倍感奇怪的目光下，夏憐歌默默斟酌了半晌，才緩緩開口問道：「蘭薩特……你說，愛麗絲會不會是擁有『幻想具現』能力的人搞的鬼呢？」

「『幻想具現』？」蘭薩特有些錯愕。「妳為什麼會突然這麼想？」

「嗯……因為偶然間發覺到襲擊我的幽靈少女和幾百年前的維朵爾公主長得很像。」夏憐歌越說越小聲，其實她也不太確定。「而且剛剛聽莫西講了三年前的『幻想具現』事件，所以我在想，會不會其實幽靈也是……」

「三年前的『幻想具現』……嗎？」蘭薩特移開了目光，語氣波瀾不驚，彷彿毫不在意，只是抬起手來捋了捋散在肩上的金髮。但不知為何，夏憐歌總覺得，他的神色似乎在那一瞬間沉了下來。

他就這樣看似隨意的盯著桌子上精緻的紅茶杯。也不知道他究竟在想些什麼，時間久到夏憐歌都以為那個茶杯出了什麼異樣，忍不住順著他的眼神望過去，但最後發現他其實只是在為自己的目光找個聚焦點而已。

「喂，蘭薩特……？」夏憐歌試探性的喊了他一聲。驀的，她有些不悅的小聲嘀咕起來：「真是的，如果不贊同我的想法就直說嘛……」

蘭薩特也沒理她，兀自一個人陷在沙發裡沉默了許久，而後才低低的笑了起來，不過卻並不是歡快的笑聲。「說起來，我完全沒有關於三年前那場動亂的記憶呢。」

「誒？」夏憐歌愣了一下才反應過來對方在說什麼。「可是那時候你不是還沒到入學的年紀嗎？雖然身為儲君，從小就要知道處理這座島上的事情，但既然那時你尚未入學，也表示不可能清楚學院裡的每一件事情吧？」

雖然連這麼大的事都不知道的確挺失職的……

這句話夏憐歌沒說出口。

蘭薩特瞥了她一眼，臉上是「別以為我不知道妳在想什麼」的鄙夷表情。

「不僅僅是『不清楚』的程度，而是我那時候的記憶出現了非常明顯的斷層。『幻想具現』事件發生的那段時間在我腦海裡完全就是一片空白，我現在對這件事的認知也都是後來別人告訴我的。」

「誒？又是……消失掉的記憶？」

那起失蹤事件在這學院裡也是被忘記了的存在，不同的是，忘記了失蹤事件的是所有住在這島上的人，而忘記了「幻想具現」事件的，就只有蘭薩特一個而已。

想到這，夏憐歌全身忍不住泛起一陣顫慄。

「能夠這樣毫無痕跡的消去儲君的記憶，對方還真是個了不起的傢伙。」

聽到這樣子的感嘆夏憐歌才發現，十秋不知何時坐在她旁邊開著電腦打遊戲。而看見她將目光移了過來，戴著眼鏡的少年立刻將螢幕切換成螢幕保護程式。

「切。」夏憐歌對於十秋的小氣，用小小的冷哼表示自己的不滿。

那邊的蘭薩特攥了攥拳頭，像是在竭力壓抑著自己的情感，到了最後卻又反而輕鬆的笑了起來，「是啊，我真在意，既然刻意抹去我那段記憶，就代表當年我肯定是被捲進『幻想具現』事件當中了。」

他說著，目光如黑夜中閃光的刀刃，「只有我一個人被消去了記憶，那就代表著當年我不止被捲進去了，還撞破了什麼不可告人的秘密……那麼，那時候我究竟看到了什麼？為什麼不乾脆把我滅口？」

蘭薩特的眼神一凜，「倘若他們真的打算奪取學院政權的話，那這一起『幻想具現』事件，又意味著什麼？」

這個時候蘭薩特所露出的表情是夏憐歌認識他以來第一次見到的，既不是令人火大的鄙薄，也不是無禮的傲慢。他的雙眸炯炯發光，好似深淵裡燃起的烈火，那是如磐石般堅定不移的決心。

仰望著他側臉的夏憐歌突然覺得，這時的蘭薩特才像是一位真正的儲君，這所學院對他來說並非僅僅是即將繼承的事業，更是他所必須守護著的、無上的王國與榮耀。

所以他說——我絕對不會讓黑騎士聯盟動這所學院一分一毫。

無論黑騎士聯盟要做什麼，他都不會讓他們得逞。這是他與這股不明的力量之間的抗衡，他以君臨於這片土地的王之名起誓，絕對會抓住這群隱藏於黑暗中的老鼠，絕對、絕對不會讓他所守護的事物受到任何的傷害。

在那之前，他必須將三年前那段在「幻想具現」事件中被奪走的記憶拿回來！

夏憐歌就這樣靜靜的看著他，她鬼使神差的被吸引住了，直至怒起雙眉的蘭薩特漸漸放柔了表情……不，也不應該說是放柔表情，他是將臉上的「憤怒」換為「莫名其妙」，用一種困惑的眼神看向夏憐歌——

「妳幹嘛從剛剛開始就一直盯著我看？」

霎時，彷彿眼前撞過來一顆原子彈，夏憐歌的臉一下子被炸紅了，她急急忙忙的扭開頭哼了一聲：「誰、誰一直盯著你看啦！少自作多情了！」

「謔～」蘭薩特頓時露出一臉了然於心的表情，他抱著後腦勺懶懶散散的窩在沙發裡，又開始一臉的高傲用下巴看人。「所以妳又被我的美貌迷惑到了對吧？嘛，雖然我的臉不是像妳這種一臉貧窮的庶民想看就能看的，不過算了，作為支配者我偶爾也是會善心大……」

還沒聽他講完夏憐歌就一邊咆哮著「給我去死啊啊啊」，一邊抓起桌上的蛋糕往他的嘴塞過去。她剛才為什麼會有那麼一瞬間覺得他很耀眼啊！是出現視覺性障礙了嗎！？一定是吧！要不然怎麼會對那種面目可憎的傢伙心動！

蘭薩特一下子被夏憐歌按得人仰馬翻，回過神來只嗆了一嘴的奶油。他拍著胸口緩和了一下斷斷續續的咳嗽，抬起臉來惡狠狠的瞪了夏憐歌一眼，緊接著立刻起身去搶桌上的另一塊蛋糕往夏憐歌扔過去。

結果就這樣演變成了幼稚的蛋糕大戰，剛才滿事務廳亂飛的乒乓球，此時變成了滑膩膩的奶油。

雖然在狂化中夏憐歌有那麼幾秒鐘對等一下要來打掃的騎士抱有些微的愧疚感，但這些都沒有和討人厭的蘭薩特一決勝負來得重要。

十秋一臉淡定的坐在沙發上打遊戲，驀然「趴」的一聲，奶油流彈擊中了他的右臉，然後又一灘果醬飛過來打中他的眼鏡。在電腦的黑色外殼都被打成奶白色之後，他終於摘下眼鏡，一邊抹去鏡片上的果醬，一邊用淡然的語氣問道：「夏憐歌，妳剛才是說那個幽靈少女有可能是別人實體化出來的維朵爾公主？」

那邊正忘我對戰的兩人已經和正常人的世界出現了延遲，五秒後夏憐歌才「啊？」了一聲，朝蘭薩特擺了個「stop」的姿勢，轉過頭來看向十秋。

再用五秒的時間想了下十秋所說的話。在這一番冷卻之後，她才終於將精神狀態調到normal上來。夏憐歌一邊嫌惡的拉了拉身上黏膩的衣服，一邊回答：「唔……我是覺得這個可能性挺大的……」

躲避能力一向高於他人的蘭薩特一身清爽的站在桌旁，帶著幸災樂禍的愉悅目光上下掃視著夏憐歌，「哈，妳的運動神經就已經不行了，沒想到連腦子都不太好使呢。夏憐歌，妳不是說過，她在襲擊妳的時候是自稱『愛麗絲』的嗎？」

「那又怎樣啊？」夏憐歌沒好氣的瞪他一眼。他那副得意的模樣直讓她想一拳揮過去。

「『幻想具現』僅僅只是將心中所想實體化出來而已。」旁邊的十秋一邊用一臉專心致志的模樣擦拭著電腦上的奶油，一邊回答道：「如果那人心中所想的是維朵爾公主，那實體化出來的人也應該自稱『維朵爾』，而不是『愛麗絲』。」

說到這裡，他突然像想到什麼般停下了手上的動作，抬起手來若有所思的扶了扶眼鏡，說道：「不過，如果對方只是借用了維朵爾公主的外貌，然後想像出了一位名叫『愛麗絲』的女孩，那也不是不可能的……」

一聽他這麼說，原本還嬉皮笑臉的蘭薩特也跟著嚴肅了起來，而且似乎已經忘了自己才剛剛說過得出「愛麗絲可能是由他人實體化出來的」這結論的夏憐歌腦袋不好使這種話。「這麼說，可以先把目標集中在擁有這種能力的學生裡盤查一下？」

下一秒，蘭薩特微微的皺了下眉，「可以實體化出一個人的能力者啊……雖然比不上三年前的那個傢伙，不過也算是個人才。」說著，他又煩惱的捏緊了拳頭，「可惡，黑騎士聯盟究竟招攬了多少像這樣子的人？」

聽著他們的談話，夏憐歌覺得好像有哪裡不對，可是又說不太上來。在她的想法裡，那名幽靈少女不僅僅是外貌與維朵爾公主相似，寫在那條花手絹上的「兩個月亮」這樣子的短語讓她覺得，這兩人之間肯定是會有更深、更深的聯繫……

夏憐歌低頭看了看自己受傷的左手臂，它被白色的繃帶綁成三角形吊在胸口，看起來顯得滑稽又可笑。

要不要再去舊雕像公園看一下呢……

夏憐歌屈起食指敲了敲腦袋。這樣想著的時候，左手臂似乎小小的刺痛了一下。像是針扎般的細微痛感，並不怎麼難受，卻又讓人不由自主的出了一身冷汗。

也不知道是不是錯覺。

◇　◇　◇

隔天，夏憐歌還是又跑去了舊雕像公園一趟，她自己也說不清是為什麼，硬要解釋的話，大概也只能用「好奇心殺死貓」這句話來形容了。

因為不想再經歷一次被扭斷手的痛苦，夏憐歌這一次就把探險的時間改在了陽氣充足的中午；而且由於在她的認知中，幽靈都是夜晚才出來作祟，所以這次她非常英勇的獨自一個人前來了！

「喲西！」夏憐歌右手叉腰，雄糾糾氣昂昂的挺了挺胸脯。

可是當她頂著烈日站在舊雕像公園南門前的時候，夏憐歌才突然意識到，所謂的「幽靈少女」其實並不一定是幽靈，它也有可能是別人實體化出來的產物，所以是正午來還是晚上來根本沒區別。

……可惡啊！那個「幻想具現」的假設明明還是她提出來的！為什麼她會在打一開始就把這麼重要的事情忘得一乾二淨啊啊啊啊！

現在她已經一隻腳踏入了目的地，就這麼回去實在是有點不太甘心，可是如果這次右手也被廢掉了，那麼她連要怎麼吃飯都成問題……

進抑或不進，這是個問題。

夏憐歌一臉糾結的站在南門口，晌午的日光將她的皮膚燒得發疼，正當她心中的退堂鼓越打越響的時候，身側忽然傳來了窸窣作響的聲音。

「誰！？」她瞬間驚出了一身冷汗。一慌張連步伐都不穩了，她有些踉蹌的回過了身，站在那邊的竟然是笑得漫不經心的蘭薩特。

劇烈跳動的心臟一下子平穩了下來，夏憐歌吁了口氣，可面對來者的口氣卻依舊是不依不撓：「你又來幹什麼啊！蘭薩特！」

蘭薩特隨手折了一條柳葉咬在嘴裡，「我才要問妳呢，放著傷不養，老是跑這些地方閒晃幹什麼？」

夏憐歌頓時被噎到一句話都說不出來了。

說起來，這件事一開始也是蘭薩特強硬塞給自己的任務，她為什麼要這麼上心呢？想到這裡，她氣呼呼的朝對方吼了一句：「要你管！」

「是是，我管不著。」蘭薩特作投降狀的抬起了雙手。

真難得這次蘭薩特沒有和她鬥嘴。

夏憐歌還在狐疑對方的目的時，對方已經走上前來揉了揉她的頭髮。「啊啊——看妳嚇到站都站不穩的樣子，我就大發慈悲陪陪妳好了，僅此一次下不為例。」

誰嚇到站不穩！誰要你陪啊！夏憐歌原本想這樣子吼出來，不過也不知道是不是被太過耀眼的陽光曬得眩暈，那一瞬間她居然覺得蘭薩特那微勾的笑容好看得一塌糊塗，連帶四周的氣氛也跟著柔軟了下來。

……哼。

夏憐歌一臉不悅扭過頭，邁出的腳卻牢牢的跟在了蘭薩特身後。

看在天氣好成這樣的分上，我就勉強順順你的意吧。

白天的舊雕像公園並不像晚上那麼陰森，不過也可能是因為他們並沒有怎麼往森林裡面走的緣故。夏憐歌邊走邊看著那些殘敗不堪的雕像，它們形如被美杜莎定住的石頭，沒有瞳仁的眼睛裡藏著一群被禁錮的魂靈。

驀的，夏憐歌被在這成片灰白與慘綠交織的單調色彩中閃過的一抹紅色吸引住了目光。她頓下腳步。前方的蘭薩特察覺到她的異樣，也跟著停了下來。

「怎麼了，夏憐歌？」

「你看這個。」夏憐歌指向自己面前的一尊石雕。

那是一座提著巨大懷錶的兔子雕像，大概是被放置在這裡太久了，渾身都長滿了黴斑和散發出草腥味的青苔，甚至連一隻長耳朵都斷掉了。尖銳的牙齒從它咧開的嘴裡露了出來，讓眼前這座石雕看起來像個正在狂笑的老瘋子。

夏憐歌輕輕的斂起了眉。剛才一瞬讓她感到在意的是兔子雕像那提著懷錶的手部，上面不知道染上了什麼東西，有著一片舊到開始泛黑的紅褐色。

看起來簡直就好像……好像它曾經手刃過活物一般。

這個想法不禁讓夏憐歌打了個冷顫。

「是漆料嗎？」蘭薩特微俯下身，伸出手指拭了一下兔子的手，那片紅褐色已經乾掉了。他又將手指往下面那個巨大的鐘錶滑過去，倏爾屈起手指在上面敲了敲。

「唔？」蘭薩特露出了異樣的神色。

「怎麼了……」夏憐歌話還沒說完，便似乎聽到一陣隱隱約約的鐘鳴聲，驚得她立刻刹住了尾音。

可蘭薩特好像並沒有聽到，接著他又摸了摸那個懷錶，臉上的表情愈加疑惑。「奇怪……這個錶的新舊度，跟兔子本體不一樣。」

蘭薩特的話，夏憐歌已經聽不太進去了。因為她發現天空不知何時開始越變越暗，厚重的積雨雲聚集了過來，隱隱有閃亮的光在它們之後一躍而起，但很快的就沉了下去。

蘭薩特也意識到不對勁。他站起身來蹙緊了雙眉，抬起頭望著雷雲翻滾的天空，將夏憐歌往自己身旁拉過來一點。「這天氣怎麼回事？」

夏憐歌又聽到了鐘聲，似乎還有指針走動的滴答滴答聲。

她攥緊了蘭薩特的手臂，目光看向那隻兔子雕像。提著巨大懷錶的兔子正在瘋狂的大笑，尖銳的牙齒從嘴裡露了出來。

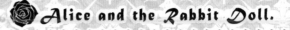

它也在看著她。

是的，看著她——紅通通的眼睛在這一片灰暗裡如寶石般亮了起來。

剎那間夏憐歌只覺得自己的喉嚨似乎被人掐住了，她張大了嘴卻什麼話都說不出來，只能將蘭薩特的手臂越握越緊，像一條缺氧的魚般大口呼吸著。

兔子的嘴好像被人劈了一刀，又往臉頰兩邊咧開了一點。

「嘻嘻嘻嘻嘻，嘻嘻嘻，哈哈哈哈哈哈哈。」

然後它笑出了聲。

感覺到自己的手臂被夏憐歌緊握，蘭薩特猛的回過頭來，就看見紅眼睛的兔子在大笑著，石雕身上僵硬的線條在逐漸變軟，像是正在緩慢解開的石咒術，它笑得歇斯底里，好似在慶賀它即將得到解放。

「蘭薩特，蘭薩特……」夏憐歌驚慌失措的往蘭薩特身上靠過去，彷彿還沒完全反應過來究竟發生了什麼事。

蘭薩特嚥了下口水。他轉頭左右看了一下，然後握緊夏憐歌的手往後退一步，下一秒立刻回身，像隻躲避追擊的羚羊在這片斷壁殘垣的荒園裡奔跑起來。

「嘻嘻嘻嘻哈哈哈哈哈哈哈哈哈哈哈哈哈哈。」

尖笑聲並沒有從耳邊退去。

雨點正好在這個時候落了下來。

◇ ◇ ◇

完全不知道自己跑了多久，也不知道正在跑往哪個方向，身前的蘭薩特似乎只是按照自身的本能在前進著。傾盆的大雨早就將兩人淋得濕透。呼嘯而過的風親吻著覆滿水珠的肢體，讓人感覺彷彿從身體內部冷了出來。

「蘭薩特……我們、我們這是到了哪……」

夏憐歌已經有點體力不支了，感覺到她的異樣的蘭薩特放緩了速度。嘩啦啦的雨聲響在耳旁，可是夏憐歌現在卻沒有感到雨點打在身上的觸感。

兩人再往前跑出幾步，交叉邁出的雙腿變得如同慢鏡頭一般，最後他們終於剎住了步伐，立在原地撐住膝蓋大口大口的喘氣。

「剛才那個……究竟是什麼啊？」夏憐歌還沒有緩過神來，滴著水的嘴唇煞白煞白的。

蘭薩特看著她微微發抖的身體，直起身子將外套脫下來披到她身上。「不知道……愛麗絲的手下？」

「這一點都不好笑……」夏憐歌瞪了他一眼，語氣卻在最後軟了下來。她拉了拉蘭薩特披在自己肩上的外套，發出的聲音細弱蚊蠅：「謝謝……」

蘭薩特笑了笑，好像也沒有心情逗她，便轉過身四周張望著。

這裡是一片茫茫的灰色，好似籠罩著一層散不開的霧氣。遍地都是死去的巨大植物，一腳踩在上面會發出細微的、彷彿牙齒正在啃咬食物時發出的喀嚓聲。

雨還在淅淅瀝瀝的下著，聽起來像是從外面傳進來的，格外不真實。

「我們是跑進哪座建築裡了嗎……」夏憐歌一邊說一邊微微仰起了腦袋，看到的景象讓她不由自主的斂起了眉毛。

上方是一片漆黑如子夜的蒼穹，兩輪泛紅的明月各自掛在夜空的兩頭。明月上的光像是要化成雪落下來，將這片土地也染成一汪滲入血的月色。

怎麼回事……？他們不是在室內，可為什麼他們卻淋不到雨？而且雨聲聽起來隔得那麼遠？他們現在究竟是在哪個空間裡？

夏憐歌只覺得腦袋裡一片亂糟糟的，大概是被雨淋糊塗了，什麼都想不出來。她身旁的蘭薩特也是一臉困惑。他往前走出幾步，喀嚓喀嚓細小的聲音像鑽進耳朵裡的蛇一樣，咬得耳膜一陣冰冷的刺痛。

「這裡難道……是十秋設計的那個迷宮？」蘭薩特用食指抵著嘴脣，有些不敢置信的呢喃出聲。

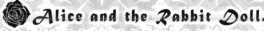

迷宮？

這樣說來……的確是聽莫西說過，那個迷宮有一個出口在舊雕像公園這邊。夏憐歌又抬起頭來望著那片掛著兩輪月亮的夜空，原來這個是迷宮裡的那片人造天空嗎……可是也不對啊，那片人造天空不是被設定成是永遠的黃昏嗎？為什麼現在……

還是，這裡發生了什麼事情？

夏憐歌有些不是滋味的看著一地失去生氣的花草，昨天這裡明明還是一個色彩繽紛、生機盎然的世界，才短短的一天，怎麼就變成了這樣？而且莫西也說了，這裡的植物都是真真假假混合起來的，縱使那些真正的花草枯萎了，假的依然還是會保持原樣的啊……

夏憐歌越想越不明白，她望向蘭薩特，對方也是一副百思不得其解的樣子。

就在這時，耳側突然傳來了一陣接一陣奇怪的刺耳聲響。

「喀──夸。喀──夸。喀──」

這樣子的聲音出現在萬籟俱靜的深夜裡──咦深夜？他們進來舊雕像公園的時候不是才剛

到晌午嗎？——驟然響起的聲音，讓他們不由得驚出了一身的雞皮疙瘩。

那聲音聽著像是緩慢的磨刀聲，又像是笨重的石頭摩擦著地面發出的聲響。

「喀——夸。」

等等，石頭摩擦著地面？

兩人不約而同的想起了那座瘋狂大笑著的兔子雕像。

夏憐歌差點就要尖叫了起來：「追、追過來了嗎？它……」

「嘖，那到底是什麼東西啊！」蘭薩特有些氣急的低吼了一聲，拉過夏憐歌又和那隻不明身分的怪物開始了一場追逐賽。

看來是無法從舊雕像公園南門出去了，現在只能從這個迷宮的入口抑或是鐘樓那邊的出口出去，但誰又能保證外面比裡面安全呢？

只不過蘭薩特現在似乎也沒心思去考慮這些，他只能拉著夏憐歌一個勁的跑。在這個巨大的迷宮裡，他們宛如盲眼的貓頭鷹到處尋找著出口。

「可惡！又是死路！」眼前是堆疊成牆的、明明枯成青灰色卻仍舊堅挺如斯的龍舌蘭，蘭薩特懊惱的踢了它一腳，拉著夏憐歌往另一個方向跑了過去。「朔月你這混蛋！為什麼要把迷宮搞得這麼鬼畜啊！」

不……其實一路上沒踩到機關已經算是幸運了吧？

跟在後頭的夏憐歌在心裡默默的想著。

喀夸喀夸的聲音還在繼續響著。

根本聽不出是從哪個方向傳過來的，也聽不出它距離自己究竟是遠是近，好像它只是在一個恆定的地方來回的移動著，可是這刮痛聽覺的聲響卻讓人無法停下來腳步。

「喀——夸。」

又連續撞到了三個死角，蘭薩特的體力和耐力已經快被消磨完了。

「好吧，如果再轉過這個彎依然是死路，我就……！」話還沒說完，蘭薩特兀自停住了步伐。身後的夏憐歌來不及剎車，一頭往他背上撞了過去。

「嗚……！蘭薩特你幹什麼啦！」夏憐歌摸了摸鼻子從他身後探出頭去。看到不知何時站在前方的人影時，她差點一個踉蹌往後跌了過去。

捲髮，長裙，詭異的兔子布偶，立在前面的少女正朝他們露出了乖巧的笑。

但仔細一看才發覺那並不是一個人，而是一尊人形的玻璃娃娃。

一尊長得跟愛麗絲異常相似、透明的玻璃娃娃。

蘭薩特暗暗的啐了一聲：「這迷宮裡面原本有這個東西的嗎……？」

不去理它，蘭薩特拉著夏憐歌的手繞過玻璃娃娃繼續往前方跑了過去。

「喀——夸。」

突然近在耳邊的聲音讓夏憐歌那顆鼓動的心跳得更加厲害。她一個激靈轉過頭去，那個玻璃娃娃依然佇在原地。

夏憐歌感覺它原本朝向正面的臉，此時似乎比剛才偏了一點，像是它正打算轉頭得意的欣賞他們逃亡的姿態，可是又似乎沒有。

灰濛濛的霧氣漸漸遮住了視線，夏憐歌不敢再看。

迷宮裡非常安靜。

傾盆大雨聲被隔絕在了室外，可一抬頭又能看到上方被兩輪圓月的血色浸染成紅黑色的天空，夏憐歌感覺自己的思路在這場漫無止境的賽跑裡越變越糟。

雖然早已死去卻高大得依然能夠遮掩視線的植物們，讓這裡看起來像一個狹小的封閉盒子，可是他們無論怎麼找，也找不到那個可以通往生機的出口。

刺耳的摩擦聲時不時的在身旁響起，既沒有靠近也沒有離開，彷彿那隻紅眼睛的兔子一直緊追其後，可是一回過頭卻又只看到一片灰黑色。

夏憐歌覺得自己快受不了了。

氣喘吁吁的再拐過幾個彎，那個神似愛麗絲的玻璃娃娃又出現在眼前，這已經是他們第四次看到這個高大的玻璃娃娃了。

但是夏憐歌分辨不了這是因為他們一直在同一個地方打轉，抑或是——從剛剛開始一直在追逐他們的並非那隻瘋狂的兔子，而是眼前這個看起來乖巧溫柔的愛麗絲。

蘭薩特停住了腳步，靠在一旁織成牆的藤蔓上一口一口的喘氣。「搞什麼啊，這該死的地方就沒有出口的嗎？」

渾身晶瑩剔透的愛麗絲立在那裡，懷裡同樣是玻璃製的兔子布偶有著垂至地面的長耳朵，空洞洞的眼睛直視前方，好像在笑。

夏憐歌突然像受到了蠱惑般往愛麗絲走了過去。她捂住自己怦怦直響的胸口，微彎下腰望向那個玻璃娃娃的內部。

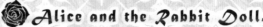

裡面是一片毫無生氣的枯死植物。兩抹金血色的光暈懸掛在愛麗絲的心臟上方。一尊剔透的玻璃娃娃壓在那堆青灰色的雜草裡。夏憐歌越看越覺得奇怪，這個娃娃的內部，不就跟他們現在所處的迷宮一樣嗎……

夏憐歌又將腦袋壓低了點，瞇細了眼睛細看——在那個娃娃裡的娃娃內部，又是一個縮小版的迷宮！

簡直就跟俄羅斯娃娃一樣，一個迷宮還有著一個迷宮，就這樣一個接一個的永無止境。

那麼他們現在所在的位置，其實是這座長得跟愛麗絲一模一樣的玻璃娃娃裡面？

這個詭異的想法不禁讓夏憐歌一怔，她慌亂的又往娃娃內部掃視了一眼，發現置於裡面的那個縮小版的娃娃旁邊，居然也有一個縮小版的夏憐歌在細細凝視著更小的人形玻璃娃娃！

一臉錯愕的夏憐歌往後退了一步，這、這究竟是怎麼回事啊！？

「怎麼了，夏憐歌？」

肩膀被人拍了一下，緊接著蘭薩特擔心的聲音在耳側響起，張惶的夏憐歌急忙拉住了對方的手，「蘭薩特！那、那個玻璃娃娃……」

她回過了頭。

「——夸。」

那時候響雷剛好接在一道耀眼的白光之後劈了下來。

夏憐歌看到紅眼睛的兔子站在自己身後，獠牙從越咧越開的嘴裡露了出來，它在笑著。

「嘻嘻嘻嘻嘻嘻嘻，嘻嘻嘻。」

血盆大口裡黑濛濛一片。

「哈哈哈哈哈哈哈哈哈哈哈哈哈。」

夏憐歌在如磨刀聲尖銳的大笑裡失去了意識。

05

情書✝亡靈祭✝花與愛麗絲

身子一搖晃，蘭薩特支持不住的單腳跪了下來，延至下巴的冷汗混合著血水「啪嗒」一聲滴下，他「喊」了一聲：「已經沒辦法再逃了啊，要這樣子死在這傢伙面前嗎？」

對方背上那大得怵目驚心的血痕驟然映入夏憐歌的眼簾。

明明就可以扔下我不管的，你為什麼還要為我做到這種程度呢？

✝ The Flower and Alice. ✝

夏憐歌醒過來的時候只覺得渾身悶熱，整個人汗濕的像是剛剛從水裡撈起來似的，可是又有一股滲人的涼意從身體裡透了出來。

抬起手來擋住眼睛，晌午的日光像烈火一樣炙烤著皮膚，夏憐歌感覺身體好像被刺進了密密麻麻的銀針一般隱隱發痛。

「妳沒事吧，夏憐歌？」

蘭薩特的聲音從身側傳來，夏憐歌突然想起了那隻張牙咧嘴的紅眼睛兔子，一個條件反射就揚起蓋在眼瞼上的手往前打了過去。

「啪」的一聲響，夏憐歌瞪大了眼睛喘著粗氣，定下神來才看到捂著手的蘭薩特一臉不悅的站在面前。

「咦？」夏憐歌有些呆滯的往四周望了望，所見之處是一整片蔥郁的青綠色，他們現在的的確確是站在舊雕像公園的南門口。

「剛剛……我們不是在……」正午的陽光曬得人幾乎睜不開眼睛，她有些摸不著頭緒了。

聽她這麼說的蘭薩特也是一下子沉下了臉色，他不太確定的看了看自己的雙手，「是夢……吧。」

「夢？」夏憐歌這才回過神來，低下頭拉了拉身上的衣服。的確……制服也沒有被雨淋過的痕跡。

可是又為什麼兩個人會同時進入同一個夢境裡？

而那隻兔子、迷宮裡的兩輪血月、長得神似愛麗絲的俄羅斯娃娃般的人形玻璃娃娃……這些東西想要對他們訴說些什麼？

蘭薩特握了握拳頭，若有所思的將目光投向公園的裡部，「那座兔子雕像……有問題。」

「誒？但那不只是夢境裡的產物嗎？」夏憐歌搖搖晃晃的站起身來，拍了拍身上的雜草。

「我覺得沒那麼簡單。」蘭薩特輕輕的搖了搖頭。

也不知道他在想些什麼，過了好久才繼續把話接了下去：「還是先讓殿騎士聯盟去找找看吧。」

◇　◇　◇

兔子雕像的搜索工程，在經歷了兩天之後依然一無所獲。

關於迷宮裡那個玻璃娃娃，蘭薩特也有去找十秋詢問過。

而當時，十秋也難得的露出一臉訝異的模樣。「那個迷宮裡，並沒有安置除了植物以外的裝飾啊！」

後來十秋也開始帶人進去迷宮裡進行搜索。

這兩個地方的找尋工作，到現在還在進行著。

夏憐歌因為之前的手傷加上後來的驚嚇過度，被蘭薩特勒令好好的待在宿舍裡休假幾天。

不過，因為老是被關在房間裡實在是太無聊了，才過了一天，夏憐歌就忍不住跑出來溜達溜達。

她隨手拿了一本筆記當掩護，打算去會免費為騎士與支配者提供專座和休閒點心的圖書館混吃混喝。不過，在路過教學樓旁邊的那片園林時，夏憐歌卻被前方熙熙攘攘的人潮吸引了注意力。

她前方不遠處一個充滿樹蔭的地方，一群穿著奇裝異服的人正立在那裡忙著化妝和擺弄手上看起來十分高級的攝影機，草地上還壓著一大堆各式各樣奇怪的道具。而十秋朔月正蹺著二郎腿坐在一旁高大樺樹下的沙發上，一臉全神貫注的看著擺在大腿上的筆記型電腦。

夏憐歌感覺到眼角有點抽搐。

等等，這傢伙不是應該在迷宮裡搜尋線索的嗎……而且他怎麼看也不像是什麼藝術愛好者啊！究竟都在幹些什麼……

她又走近了一點，搖晃著腦袋朝十秋那邊左右張望的時候，一雙修長冰冷的手冷不防從她脖子後面伸過來，輕輕的撫上了她的喉部。夏憐歌頓時身體一滯。那人貼在她身後，曖昧濕潤的鼻息掃過她的耳郭。

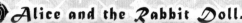

「美麗迷人的小羔羊，我能夠為妳實現一個願望，妳願意將妳的靈魂抵押給我嗎？」

「嗚哇啊啊啊啊啊！」

夏憐歌霎時感到一股寒氣從腳底呼的往腦袋竄了上去，雞皮疙瘩像是在狂歡一樣紛紛從手臂上立了起來。她一個條件反射就往前跳出了好幾步，驚魂未定的摸著後頸轉頭就罵：「混蛋蒲賽里德！你想幹嘛啊！」

蒲賽里德優哉游哉的朝她晃了晃豎起的食指，「嘖嘖，小羔羊，對待許久不見的魔鬼大人可不能用這麼失禮的態度哦。」

「魔鬼你個頭啊……！」

夏憐歌氣衝衝的喊一句，然後才恍然發現，此時眼前的蒲賽里德正穿著一身華貴的暗色貴族禮服，左眼戴著一副單邊鏡片，右手上拿著一把鑲嵌著紅寶石的手杖，全身上下都散發出危險又魅惑的暗夜氣息。

夏憐歌的眼皮又跳了幾下，「你們到底在……」

「哇吼！」

還沒等夏憐歌講完話，突然有人對著她的耳朵大聲吼叫。夏憐歌忍不住再次高聲尖叫起來，瞬即像隻蚱蜢往旁邊跳了過去。

看著她嚇得臉都變青了的模樣，惡作劇成功的常清抱著肚子幾乎要笑出眼淚來。

夏憐歌驚魂甫定，緩了許久還是感覺心臟像擂鼓一樣怦怦敲個不停。

那邊常清一身黑色的緊身皮衣皮褲，微翹的頭髮上豎著兩隻黑色的狼耳朵，其中一隻耳朵上還戴了一個透著鏽跡的銅環，身後那條蓬鬆毛躁的狼尾巴也不知道裝了什麼機關，居然像是真的一樣左搖右擺著。

那條廉價的項鍊依舊掛在他的脖子上，吊墜被掩在了貼身的皮衣裡。

他看著夏憐歌那張氣得幾乎漲成紫紅色的臉，哈哈笑了幾聲之後又舉起尖銳的雙爪放在臉頰兩側，咧開嘴角露出兩顆尖尖的小犬牙，做了一個嚇唬人的動作，「吼吼！」

……要忍耐，要忍耐，要忍耐。

雖然此時夏憐歌想脫下鞋子往他臉上砸過去，但看著常清手臂上那些長短不一的刀疤，她最終還是將心裡這些施虐欲望壓了下去。

夏憐歌深呼吸了幾下，僵硬的整理好臉上的表情，扯了扯嘴角問道：「你們在幹嘛？」

「……切，沒趣。」見她這麼快就平息了自己的情緒，常清馬上換上一張寫著「不好玩」的臉，抱著後腦勺就往十秋那邊晃了過去。

夏憐歌攥了攥拳頭，竭力抑制下額角劈里啪啦不斷暴出的青筋。

站在夏憐歌身後的蒲賽里德走上來拍了拍她的肩膀，用一副安慰的口吻說道：「別在意，這傢伙性格不怎麼好。」

……你性格也好不到哪去行嗎！

忍住想一拳往他臉上揍過去的衝動，夏憐歌咬了咬嘴脣，剛想說些什麼的時候，身旁忽然傳來了一把甜膩膩的聲音：「討～厭～蒲賽里德大人你們又亂跑，再這樣下去，萬聖節宣傳片都拍不完啦！」

夏憐歌順著聲音望過去，說話的是一個非常嬌小可愛的女孩。她穿著黑色的束腰蕾絲短裙，頭上戴著一頂尖尖的魔女帽，背後還有一雙小小的蝙蝠翅膀。

女孩壓著帽子氣喘吁吁的往夏憐歌他們兩人的方向跑來。接著，她挽過蒲賽里德的手，故意做出一副氣鼓鼓的樣子，「真是的，宣傳片沒做好的話，會被十秋閣下怪罪的啦。」

……放著幽靈少女不管居然跑來策劃這種東西嗎！十秋這個混蛋！

夏憐歌一下子恨得牙癢癢的，抬起眼就往十秋那邊瞪了過去。

身旁的蒲賽里德一臉深情的樣子，牽過那個女孩的手，俯下身在她的手背上烙下了輕柔的一吻。「抱歉，我美麗的小鳥兒。」他又將眼神投到了夏憐歌身上，「但是有這樣一隻清純可愛的小羔羊站在這裡，我實在無法抑制住自己的愛慕之情……」

愛慕你個頭啦！為什麼這傢伙每次講話都能這麼噁心人啊！

夏憐歌感覺自己身上的雞皮疙瘩又開始跳舞。

這時，蒲賽里德身邊的女孩目光掃了夏憐歌一眼，原本撒嬌的神色頃刻轉變為清清楚楚的蔑視。她抬起了尖尖的下巴，說道：「唷，我還以為是誰呢，沒想到就是傳說中死皮賴臉纏著蘭薩特閣下的平民騎士啊。怎麼，以為蘭薩特閣下勉為其難接受了妳，就真的開始以為自己魅力無邊了？現在又來纏著蒲賽里德大人了？」

因連日來遭受了各種麻煩的洗禮，夏憐歌本來就憋了一肚子氣，而這個女孩的一番話更是像澆在火上的汽油一樣，讓她心中全部的怒火忽的竄了起來。

「誰死皮賴臉的纏著那個自戀狂啊！要不是因為有騎士制度的束縛，你們真以為我願意跟那傢伙待在一塊嗎！還真當我是被虐狂啊混蛋！」

說著，她又氣勢洶洶的抬起手指向蒲賽里德的鼻子，「而且——這種人渣又有什麼好啊！全身上下除了會說花言巧語的嘴巴之外，就沒有另外一個可以讓人稱讚的地方了好嗎！為什麼你們總要往這些傢伙身上靠啊！」

蒲賽里德當即用手拍著額頭露出了一臉心被刺傷的悲慟表情。

……這傢伙去演戲的話，肯定連奧斯卡影帝都要被他比下去。

夏憐歌在心裡默默的想著。

那女孩雖然稍稍被夏憐歌的氣勢震住，但她也不是好惹的角色，不出一秒，女孩便穩住了心神，露出了不將夏憐歌打垮誓不甘休的凶狠表情。

就在兩人目光炯炯的對視、正欲再次點燃戰火之際，一直待在一旁看戲的蒲賽里德終於挺身而出，他抬起兩根手指輕輕的貼在了魔女裝女孩的脣上，微低下頭朝她露出了溫潤如水的目光——

「請不要讓那些粗俗鄙陋的言語，再次從妳這如玫瑰花一樣嬌嫩的嘴脣裡吐出來了，它們會化成長滿尖牙的毒蛇，將妳的美麗靜靜吞噬掉。」

夏憐歌滿腔的火氣霎時被他這番噁心到極致的話凍結成冰塊了，她抖了抖身子，面無表情的從那充滿了粉紅色泡泡的氣氛裡退了出來。

而那個受到粉紅泡泡包圍的女孩卻是紅了雙頰，重新挽住蒲賽里德的手並羞澀的別開臉去。「抱……抱歉，蒲賽里德大人，我以後不會了。」

蒲賽里德挑起嘴角，「Good girl。」

說著，蒲賽里德眨了眨眼睛，舉起手朝夏憐歌送了一個飛吻，轉身跟著那個渾身還在冒心的女孩往前方熙攘的人群走了過去。

夏憐歌目送兩人遠去的方向，撇撇嘴嘁了一聲。

當她邁開步伐剛想走人的時候，原本已經好得差不多的左手臂卻突然毫無前兆的疼痛起來。

「……好痛！」

一絲絲冶豔的紅色緩慢滲出繃帶，夏憐歌捂著自己的左手輕輕顫抖著，臉部因手臂的劇痛而露出了痛苦不堪的表情。然而，就在她還弄不清楚究竟為什麼會這樣的時候，另一邊的狀況又發生了——

在距離她前方十多公尺遠、萬聖節裝扮的少年少女們取景攝影的地方，那棵高大的樺樹像是正被看不見的鋸子拉鋸著一般左右搖晃了起來，火紅色的葉子在沒有風的情況下開始紛紛揚揚的快速落下，而樺樹下方盯著電腦螢幕出神的十秋朔月與那群拿著攝影機興奮不已的人們，卻絲毫沒有意識到這一危險。

「吱噶——吱噶——」

傾斜的角度不斷增大，樺樹發出了不堪重負的慘叫聲。

夏憐歌錯愕了一下，隨即往前踏出一步，鼓足了聲朝著前方大叫：「喂，快跑啊你們！小心……」

她話還沒說完，早已到達極限的枝幹直直的往前倒了下去！

站在樹下的人集體發出了尖叫聲。

沙礫彷彿被狂風捲起般向四周揚了起來，震天價響的轟隆聲被裹在這一片嗆人的塵煙之中。夏憐歌抬起右手微微的掩住眼鼻，隱約之間她似乎聽到了幾聲尖銳短促的破空之音，數道白光倏的閃過。

待到塵埃散去，夏憐歌才發現那粗大無比的枝幹不知何時被人劈成了幾截，殘缺不全的砸在草地上。

十秋朔月仍舊維持剛才的姿勢坐在沙發上，一副氣定神閒的樣子，連眼瞼都沒有抬一下。而站在他身旁的常清手上拿著兩把不知道從哪裡抽出來的木刀，狹長的雙眼裡迸發出狠厲凶殘的氣息，像一隻屏息等待獵物的野獸，小小的犬牙從咧開的嘴角露了出來。

「幹得好呀，常清。」十秋單手支頤，抬起另一隻手拍了拍落在肩上的樹葉，目光依然停留在電腦螢幕上，張開口不鹹不淡的說了一句。

殘暴之氣一下子就從常清臉上消失了，他像個得到糖果的小孩子一樣露出了心滿意足的表情，歡天喜地的把兩把木刀收了起來。

……樺樹樹幹是被他用木刀砍成幾塊的嗎？

救命啊～這傢伙戰鬥力都已經破表了啊！

夏憐歌在心底咆哮了起來，她根本不敢想像自己究竟是在和怎樣危險的人一起共事。

而另一邊，蒲賽里德正抱著那名魔女裝的女孩躲過了砸下的樹幹，禮服的下襬被壓在枝幹之下，裂開了一道大大的口子。

魔女裝女孩蜷縮在蒲賽里德的懷裡，顫抖不已的嘴唇早已變得青白，她正發著不成句子的慘叫：「幽……幽靈！抱著兔子的……來襲擊我了……她來襲擊我了！啊啊啊啊啊——」

在此之前，所有人都沒預料到居然會發生這樣的事情。人群在下一秒開始譁然，魔女裝女孩似乎還沒有緩過神來，只是一個勁的拉住蒲賽里德的禮服大聲尖叫：「幽靈……幽靈啊！她還會再來的！怎麼辦！她還會再來的——」

幽靈？

抱著兔子的？

聽到這幾個字的夏憐歌皺了皺眉。

十秋似乎也有些驚訝，終於將注意力從電腦螢幕上移了開來，看著那個語無倫次的女孩，露出了讓人捉摸不透的神情。

難道她說的是……

還沒來得及細想，夏憐歌的左手又再次刺痛起來，她低低的呻吟了一聲，看著鮮豔的血順著手臂繼續往下緩慢滴去，落入蒼翠的草叢中，再尋不見。

◇　◇　◇

真的是一波未平，一波又起。

之前的飛船事件和那個稀奇古怪的夢境還沒調查清楚，現在又弄出個樺樹襲人事件，要不是有戰鬥力逆天的常清在旁邊護著，想是連十秋朔月也會被捲進事故裡。

蘭薩特按下了書桌上電話的播放錄音鍵，又按開揚聲器，蒲賽里德那輕佻又欠扁的聲音頃刻從裡面傳了出來——

「您好，蘭薩特閣下，您要的被襲擊人員的名單以及詳細檔案，我已經從學生會裡調出來，並整理好發送到您的郵箱裡了。現在請允許我為您唸出這些如凋謝的花兒一般不幸逝去的少女們的名字：約瑟琳、奈兒、坎貝爾、黛西……唉！」

剛唸了幾個姓名，蒲賽里德就停頓一下，沉重的嘆出一口氣來。

「她們曾經是在黑夜裡悄悄靠近我身旁的小精靈，渾身散發著讓人著迷的魅惑芳香，我至今還記得少女們那調皮又羞澀的絲絲愛語。而如今她們卻只能躺在幽靜陰森的墳墓之中，以自身曼妙的軀體以及甜美的骨髓滋養出令人瘋狂的血色花朵——」

「啪。」

忍無可忍的夏憐歌終於站起身把揚聲器關掉了。

嘴角情不自禁的抽搐幾下，她閉著眼揉了揉被噁心得發癢的太陽穴。「這人每次講話都是這樣戲劇化的嗎？」

「因為他是話劇社的社長嘛。」大剌剌坐在十秋旁邊的常清把嘴裡的棒棒糖咬得喀喀響，仰起頭來看向夏憐歌，「泡妞的時候他就會這樣。」

而單手托著臉頰的蘭薩特，一臉淡定的繼續著手上的動作，點點滑鼠打開了郵箱。「習慣就好。」

……怎麼可能習慣得了啊拜託！

並不理會夏憐歌的抓狂，蘭薩特認真的看著郵箱裡整齊列出來的遇襲名單與她們的學生檔案，眉頭越鎖越深，最終忍不住屈起食指輕輕的叩擊起桌面來。

「遇襲者除了長得漂亮和風評不太好之外，好像也沒其他共同點了啊……但是這兩個原因有可能是黑騎士聯盟襲擊她們的理由嗎？這樣子做，對於想要奪取學院政權的他們來說又有什麼好處？」

說到這，蘭薩特像是突然想起了什麼似的「啊」了一聲：「說起來，被襲擊的人只有夏憐歌是個例外呢，因為長得跟漂亮壓根就沾不到邊——」

「少說一句你會死啊蘭薩特！」夏憐歌霎時像隻被踩到尾巴的野貓一樣跳了起來。

坐在沙發上的十秋將筆記型電腦合上，側過臉來看向蘭薩特，「有沒有可能……其實這次的幽靈少女事件並不關黑騎士聯盟的事？」

「你是說，僅僅只是單純的擁有『幻想具現』的學生在作怪，並沒有幕後組織？」蘭薩特地挑起了眉毛。

的確……因為之前學院裡發生的一連串怪事大都跟黑騎士聯盟扯上了關係，而且這次的幽靈少女也可能與「幻想具現」有關，所以他先入為主的認為一定又是他們在背後搞鬼。

不過，如果與黑騎士聯盟無關的話，盤查的範圍又會大很多了……

「哼哼哼，就是嘛。」聽到這，夏憐歌故意誇張的攤開雙手，用鄙視的目光盯著眼前兩位儲君。「與其把犯人鎖定為黑騎士聯盟，你們還不如考慮一下蒲賽里德呢，反正他那些噁心巴啦的話不都表明了這些女的大多都和他有著非、同、一、般的關係嗎？」

夏憐歌邊說邊學著福爾摩斯的動作，摸著嘴邊並不存在的菸斗在房間裡來回踱步。走到書架旁那面鑲著金邊的全身鏡時，夏憐歌猛的一轉身，氣勢洶洶的抬起手往前一指，「沒錯了！真相只有一個！這一起案件其實是與蒲賽里德有著密切聯繫的情殺案！」

「……我覺得我需要對妳的智商重新進行評估。」十秋朔月擺正了坐姿，嚴肅的扶了扶眼鏡。

「是吧?你也覺得我很適合當偵探吧?」夏憐歌眨了眨眼睛，在眼旁擺了個裝可愛用的剪刀手。

「不，妳的智商已經突破了零的下限，開始往負軸無限延長了。」

「……我覺得你的人緣才是在往負軸無限延長。」

蘭薩特坐在椅子上，用手抵住下巴一副正在思索什麼的樣子。「其實夏憐歌說得也不無道理……」他瞥了一眼電腦，螢幕上的字體像是活了起來，倒映在他柚木綠色的瞳孔深處。「因為除了之前那兩個共同點之外，好像就只剩下這一個共同點了。」

十秋沉默了一會，說道：「可是蒲賽里德的 ESP 能力並不是『幻想具現』。」緊接著，他黑沉沉的雙眼看向夏憐歌，「而且夏憐歌跟這三個點完全扯不上關係吧?」

「切!」夏憐歌不滿的哼一聲，轉身看向身後那面等身的大鏡子，故意用很欠扁的動作撥了撥頭髮。「不要以為蒲賽里德就沒對我示過好哦～」

那邊的十秋輕輕的嘆了一口氣，用一副聽起來略顯無奈的語氣說道：「妳知道這世界上最愚蠢的行為是什麼嗎，夏憐歌？」

「嗯？」夏憐歌困惑的側過頭。

十秋一本正經的把話接了下去：「把別人的玩笑話當真了。」

「……真是夠了十秋朔月！你每次講話都這麼討打的嗎！」

夏憐歌又開始像一隻小獅子一樣張牙舞爪，隨手拿起書架上厚重的辭典側過身就想往十秋那邊扔過去。然而手才剛一抬，她突然感覺自己的手腕像是被什麼東西牽制住了一般，冰涼懾人的觸感滲入皮膚，彷彿游移的蛇般往身體內的血管緩慢蔓延過去。

夏憐歌打了個寒顫，機械的轉過頭去，發現自己的手腕被一隻泛著骨白色的纖細漂亮的手拉住了。而那隻手，是從身後那一面全身鏡裡伸出來的。

不、不是吧……

她幾乎就要尖叫出聲，但是連喉嚨也好像被人用力捏住了一般，她張開了口，卻什麼聲音都發不出來。

出現在鏡子裡的少女穿著一身白色的哥德式短裙，蜜色的長捲髮像波浪一樣披過她纖弱的肩胛流瀉而下，懷中的兔子布偶有著一雙垂至地面的長耳朵，沾著灰塵的棉花從它咧開的嘴巴裡漏了出來，看起來顯得滑稽又可笑。

為……為什麼……為什麼那個幽靈少女會出現在這種地方啊！

受了傷的左手臂又開始刺痛，夏憐歌覺得自己都快要哭出來了，全身像是被扔進了空曠的冰窖裡一般冷得顫抖，想逃，然而雙腳卻像被看不見的鋼絲緊緊纏繞起來，絲毫挪不開腳步。

這時，似乎也發覺到夏憐歌的不對勁，蘭薩特從沙發上站起身，朝她走過去，問道：「怎麼回事，夏憐歌？」

話剛出口，他就看到鏡子裡面那一副異常的景象，步伐瞬間頓住了。

意識到事態不對的常清立刻警鈴大作，變魔術一般的從身後「啪啦」一聲抽出了一把尖頭的長槍，擺出一臉戒備的表情護在十秋面前。

鏡中的少女緩緩的睜開了寶藍色的眼睛，沒有任何活力的，像死人一樣的眼睛。

夏憐歌不禁想起了前些天在夢境中看到的那個玻璃娃娃。

「愛麗絲說過，不要再接近那位殿下。」

「要不然，愛麗絲就砍掉妳的頭。」

鏡中的少女抬起手來，那一瞬間，她手上的兔子布偶突然像有了生命一般左右扭動起來，在並不寬大的鏡子裡飛速伸展開來，不一會兒，布偶便化成了一把巨大的鐮刀，握在了她的手上——

夏憐歌的心一沉。

完……完蛋了！

「不可饒恕。」

愛麗絲的聲音透過冰涼的水銀固體傳了過來，機械而單調。

她高高的舉起了鐮刀——

就在夏憐歌絕望得將要閉上眼睛的那一剎那，一抹耀眼的亮金色從她眼前一閃而過，她被人重重的撲倒在地上。她聽見了鐮刀破開鏡子時發出的嘹亮爆裂聲。碎片朝她這邊飛散過來，擦過她的臉頰，有溫熱的紅色液體染上了她的雙瞳，與眼前的金色糾結起來，所有的景象彷彿一下子遙遠的觸手難及。

蘭薩特濃重的喘息聲與血液滴落的聲音混合起來，如同沉默的哀歌。

十秋朔月的聲音從旁邊傳來，是前所未有的焦慮以及慌張——「彼方！」

她早已無暇再去顧及什麼。

深深的黑暗從鏡子中快速的蔓延出來，到了最後，連同她以及倒在自己身上的蘭薩特，也一併被這張揚放肆的混沌色彩吞噬得無影無蹤。

◇　◇　◇

黑暗是一個讓人不安的巨大螢幕。

眼前開始斷斷續續的出現各種各樣的影像，彷彿有人把毀損的錄影帶插入錄放影機之中，雪點和跳躍的線條將畫面切割得亂七八糟；滋滋作響的雜音噬進了耳膜，腦袋像是被灌入了帶著氣泡的冰水一般，疼得讓人無法忍受。

——那位殿下今天也非常帥氣呢。

第一個畫面是穿著白色短裙的女孩笨拙的躲在路燈之後，視野盡頭的少年身姿挺拔而修長，唯有面容模糊在耀眼的日光裡。

少年跟圍在自己身邊的少女們非常愉快的交談著，然後突然像察覺到了什麼一般，將視線往這邊投了過來。

女孩嚇了一跳，雙頰宛若秋天裡熟透的蘋果般迅速的紅了起來。她立刻慌亂的轉身拔腿就跑，誰知沒邁幾步，腳下突起的小石子就讓她狼狽的摔在了草地上。

手掌破皮的疼痛讓她的雙眼忍不住蒙上了一層霧氣。女孩撐起身來，擦了擦沾上泥土的臉。身後驀然響起了沉穩的腳步聲。女孩張惶的抬起頭，想站起身再次逃跑的時候，手臂卻被人輕輕扯住了。

她回過頭，少年桀驁又帶著溫柔的笑臉浮現在眼前。

「抱歉啦，受驚的小兔子，害妳受傷了。」他像個王子一樣半跪下身子，捧著她受傷的手掌靠近脣邊。

女孩精緻的臉龐幾乎要燒出火來，想抽回手卻又捨不得。

「不……不關你的事啦！是我自己不小心……」

話音未落，對方就將一個小小的兔子布偶塞到了她的懷裡。

它有一雙垂下來的毛茸茸的長耳朵。

「非常適合妳哦，小兔子。」少年笑咪咪的摸了摸女孩柔軟的額髮。

「真的是，非常適合呢……」

——不知道為什麼，總覺得在說這話的時候，那位殿下的表情有些悲傷呢。

——是想起了讓人不開心的回憶了嗎？

「我需要妳啊，愛麗絲，妳願意幫我這個忙嗎？」

——那是當然的呀，殿下，只要能幫上你的話，無論是什麼事情我都會去做的。

——只要能夠幫上你的忙……我真的好喜歡你呀，殿下。

——好喜歡啊。好喜歡。好喜歡。好喜歡。好喜歡。好痛。好痛。救我啊殿下。救我啊。救我啊。救我啊。救救我……

眼前的所有影像一下子像是被腥膩的血水浸透了一般，漸漸的、漸漸的染成了一片鋪天蓋地的嫣紅色。

血色越滲越深，然後，四周又重新變為了一池死氣沉沉的黑暗。

變成玻璃娃娃的愛麗絲站在成片黑暗裡，身體裡被塞進了兩個巨大的、浸染了血色的月亮。它們像兩隻張牙舞爪的獸，正一邊咆哮一邊緩慢膨脹著。

紅褐色的血珠從女孩那空洞的雙眸裡不斷溢出，一滴一滴，劃過懷中破舊的兔子布偶，落入無垠的黑暗中，成了化不開的濃稠。

「啪。」月亮把娃娃擠破了。

——救救我啊，蒲賽里德殿下。

◇　◇　◇

吵吵嚷嚷的手機鈴聲響起的時候，蒲賽里德正一臉懶散的窩在床上睡覺。

他將毛毯拉過腦袋，過了一會兒又拿起枕頭蒙在耳朵上，但那鈴聲並沒有想要停下來的意思，在被人無視了幾分鐘之後依舊鍥而不捨的在床頭櫃響動著。

到了最後，蒲賽里德終於忍無可忍的直起身來，撩起額髮看著有些空曠的房間發了一會兒呆，然後拿過手機按下接聽鍵貼在耳旁，故意將聲音拉得老長：「喂——？」

「為什麼你現在還在睡覺？」聽筒裡的聲音冷冷淡淡。

「別這樣嘛，十秋閣下，一下子就被你聽出來了我多沒成就感。」蒲賽里德邊說邊毫不忌諱的打了個長長的哈欠，掀開被子用腳在地上尋找著拖鞋。

「所以說，你上午的課呢？」

蒲賽里德都開始感覺得到對方在話筒對面扶眼鏡了。

「沒辦法啊，昨晚話劇社忙到太晚了，然後我……」說到這他頓了一下，皺起眉宇撓了撓後腦勺，緊接著擺出一副恍然大悟的模樣，「哦，然後社裡那隻可愛的小鳥兒說怕幽靈再去襲擊她，所以我忙完活動後又過去陪她了……」

「……你現在好歹也是殿騎士聯盟的管理者，拜託你偶爾也收斂一下自己的行為好嗎？」

「嗚哇，生氣了生氣了，好可怕。」

蒲賽里德用脖子跟肩膀夾住手機，一邊笑著、一邊從冰箱裡拿出一盒牛奶，仰頭灌了好幾口之後才稍微收起自己那副輕浮的語氣，「好啦，別總是這麼嚴肅嘛小朔。你打電話過來有什麼事？」

「……你別那樣子叫我。」停了一下，十秋的聲音再次從聽筒對面傳了過來，似乎還帶上了一絲隱隱約約的焦躁。「你趕緊過來事務廳這邊。」

從他的聲音裡感覺到事情不對勁，蒲賽里德斂下了眉，語氣一下子變得正經起來：「怎麼了？」

「——這裡出事了。」

◇　◇　◇

夏憐歌已經不記得自己在成片黑暗中究竟昏迷了多久，待她醒過來的時候，她只發現自己躺在蘭薩特的懷裡。

抱著夏憐歌的蘭薩特此時早已氣喘吁吁，渾身都布滿了細小的傷痕。一發覺懷中的夏憐歌已經醒來，蘭薩特禁不住朝她揚起諷刺的微笑。

「居然還要讓支配者來保護妳這個騎士，太糟糕了夏憐歌。」

原本想要回嘴頂回去的夏憐歌，在看見他臉上那因疼痛而流下的汗水以及微微皺起的眉時，不由自主的愣了一下。

剛才他幫自己擋了一刀的場景頓時浮現出腦海，夏憐歌一驚，急急忙忙的想要從蘭薩特懷裡掙扎起來。

「蘭薩特，蘭薩特，你是不是受傷了……」

因被她的舉動牽扯到傷口，蘭薩特不由得疼得齜牙咧嘴，忍不住低吼了一聲：「嘶……別亂動！」

話音剛落，愛麗絲的聲音便不知從哪個方向傳了過來，由遠至近的——

「為什麼還要靠近那位殿下呢，愛麗絲已經警告過妳了，不要再靠近他。蒲賽里德殿下只屬於愛麗絲一人的。」

厚重的哥德式長靴踩在沒有實感的黑暗中，卻發出了喀噠喀噠的詭異聲響。

聲。

「嘖，看來並不是『幻想具現』的產物，而是真正的幽靈呢。」蘭薩特煩躁的嘀咕了一聲。

原本想再次將夏憐歌抱起，然而過多的傷已經讓他的體力超出了極限，身子一搖晃，蘭薩特支持不住的單腳跪了下來，延至下巴的冷汗混合著血水「啪嗒」一聲滴下，他「嘁」了一聲：「已經沒辦法再逃了啊，要這樣子死在這傢伙面前嗎？」

見狀的夏憐歌急忙站起身來扶起蘭薩特。

在將蘭薩特的手臂搭在自己的肩膀上時，對方背上那大得怵目驚心的血痕驟然映入夏憐歌的眼簾。

霎時間，夏憐歌彷彿被什麼擊中了一下，心裡頗不是滋味。「蘭薩特，你……」

明明就可以扔下我不管的，你為什麼還要為我做到這種程度呢？

聽著愛麗絲那逐漸逼近的腳步聲，夏憐歌咬咬牙，把說到一半的話嚥了回去，扶起蘭薩特就開始往前跑。但因為她原本就有傷在身，跑不到幾步，兩人一起踉蹌著跌倒。愛麗絲已經追到跟前，手上的鐮刀在黑暗中發出了迫人的光澤。

「砍了妳的頭，愛麗絲要砍了妳的頭。」

愛麗絲再次高高的舉起了鐮刀。

夏憐歌的腦袋完全混亂成一片。而身邊的蘭薩特卻發出不屑的笑聲：「幼稚！原來真的只是為了蒲賽里德嗎？真是夠了……」

那邊的少女面無表情的盯著蘭薩特，氣息卻有了微妙的變化，喃喃道：「因為愛麗絲喜歡蒲賽里德殿下，殿下也說過他需要愛麗絲……」

「妳會襲擊那些女生，是因為她們跟蒲賽里德的關係曖昧不清吧？現在對夏憐歌做出這種事，也是以為蒲賽里德喜歡她？」蘭薩特越說越覺得好笑，到了最後他連正在汩汩流血的傷口都顧不上，忍不住用手撐住額頭大聲的笑了起來。「妳這麼喜歡蒲賽里德，難道真覺得他的品味會差到這種程度嗎？」

夏憐歌頓時又羞又惱，「混蛋蘭薩……！」

然而她話還沒有說完，蘭薩特又抬起頭朝居高立在眼前的愛麗絲惡狠狠的吼了過去：「而且，妳看清楚了，夏憐歌是我的人，跟蒲賽里德一點關係都沒有！」

語畢，蘭薩特粗魯的抓起夏憐歌的衣領，在她還沒有反應過來之際，朝她的嘴唇吻了下去。夏憐歌原本那混亂到不行的思維，在那一瞬間頓時變成一片空白。

腥甜的血味傳入口中，她突然想起那天晚上繞著自己的手臂盛開的薔薇花，一朵接著一朵，綻得纏綿悱惻妖冶迷人。

許久，蘭薩特才緩緩的放開了她的唇，緩慢睜開的柚木綠色眼眸在無盡的濃墨中散發出攝人魂魄的魅力。

夏憐歌幾乎忘記自己應該如何呼吸。

對面愛麗絲那雙冰冷無機質的雙眸霎時柔和了起來，高高舉著鐮刀的手也開始緩緩垂下。

就在夏憐歌心裡冒出了「得救了！」的欣喜想法時，黑暗之外忽然傳來幾聲利器劃破長空的尖銳嘯響。發出聲音的地方劈出十幾道交織在一起的線性白光，愛麗絲頓時像是被什麼東西擊到了一般震了一下。

蘭薩特和夏憐歌還沒搞清楚是怎麼一回事，就發現眼前穿著白色哥德裙子的少女捂著腦袋痛苦的弓下身子，然後整個空間開始左右晃動起來。四周的黑暗如同碎開的黑玻璃般，裂成了細微的稜形，摔落在地上的瞬間化為了水珠，事務廳內的景象在這逐漸消散的黑色霧氣裡若隱若現。

十秋朔月的身影也跟著漸漸清晰了，站在他身前的常清手中的長槍斷開了數節，每一節卻都有泛著寒氣的鎖鏈連接著，看起來就像是一條威武的長鞭一樣。他咧開嘴露出了張狂的笑容，非常挑釁的看著與他隔出十幾公尺遠的愛麗絲。

「不過就是個普通的人類而已……」愛麗絲緩慢的直起身子，表情驟然變得猙獰起來，怒問道：「為什麼你可以破壞我的封閉空間？」

常清輕蔑的笑了一聲，握著武器的手一甩，手中那條舞動的鞭子又重新連接成一把長槍。

他往前邁開一步，用槍尖指著對面的幽靈少女，「只要破壞的速度夠快，妳創造出來的空間也無法抵擋。」

瞳孔一縮，好戰的常清露出了尖尖的小犬牙，「我還沒跟鬼魂幹過架呢，我們來打一場吧？」

「別鬧了，常清。」十秋壓了壓常清的肩膀，隨後往蘭薩特和夏憐歌的方向走了過去。一看到蘭薩特背後那巨大得嚇人的傷口，十秋的雙眉就不自覺的蹙了起來。「你沒事吧，彼方？」

他正要俯下身去，那邊的愛麗絲卻忽然狂妄的笑了起來。淒厲尖利的大笑聲聽起來根本不像是從這樣一個少女的喉嚨裡發出來的，這不由得讓夏憐歌想起了她之前在夢境中遇見的那座瘋狂大笑的兔子雕像。

此時，有濃重的黑霧宛若毒蛇一般從愛麗絲的身體裡往四處散了開來，血色的淚珠漫過她的臉頰，在飄逸的裙襬上劃出了一道刺眼的紅痕。

「你們這些騙子……大騙子……」笑聲霎時又轉變為細細的嗚咽，愛麗絲痛苦的皺著眉頭，抱著腦袋像隻憤怒的野獸般低低怒吼。「嗚嗚……你們全都是騙子……殺了你們！殺了你們！殺了你們！」

愛麗絲手中的大鐮刀，在這刺耳的哭喊聲中倏的化為了一道黑影。這變幻的黑影如有了生命的藤蔓般舞動收縮著，一下子變為一把尖銳的黑色匕首。少女的眼白猶如被黑暗侵蝕般開始逐漸變黑，她瞪起雙眸，握住手中的匕首飛速的往前衝了出去。

目標居然是十秋朔月！

蘭薩特和夏憐歌兩人立刻愣住了。十秋的眼底也閃過一絲淺淺的驚詫，但是很快的就淡了下去。

他並沒有躲開。

刀刃就這樣刺入了身體裡，卻是擋在十秋面前的常清！

可能因為劇痛，常清的額頭上滲出了密密的汗水。但接著，他的眼神一厲，動作迅速，一手握住愛麗絲刺穿自己腹部的匕首，另一隻手揮動著長槍往愛麗絲的腰劃了過去。

少女的身形頃刻如受到干擾的電波般一閃，下一秒就出現在房間裡的另一頭。常清啐了一聲，也不理會正在滲血的左腹，他像隻追擊獵物的豹子般雙腿一躍，就往愛麗絲的方向追趕了過去。

十秋看了常清和愛麗絲一眼後，半蹲下身子小心翼翼的扶起蘭薩特的手臂，「還好嗎，彼方？」

「沒……沒事……」蘭薩特吃痛的閉了一下眼。

一旁的夏憐歌想起之前在黑暗中看到的那些影像，有些慌亂的朝十秋喊出了聲：「蒲賽里德……真的跟蒲賽里德有關！十秋你快點去找他……」

十秋滯了下。他從口袋裡摸出手機，盯著手機稍稍的皺了下眉。「剛才已經打過電話給他了……」

「所以這不就趕緊過來了嘛。」

蒲賽里德推開事務廳的門走了進來，話語仍舊輕浮得欠扁，但是不時的氣喘卻表明了他的確是「趕緊過來」的。

看著事務廳裡的一片狼籍以及地上受傷的兩人，他稍微吃驚了一下：「哎呀，這還真是……」

話音剛落，常清就像是被巨人龐大的手掌狠狠一甩般，整個人從半空重重的摔落在蒲賽里德的腳邊，率先著地的肩膀發出了「喀嚓」的脆響，他低吟了一聲，腹部湧出的血幾乎都要把身上的制服染紅了。

蒲賽里德又嚇了一跳，盯著狼狽的常清露出了不敢置信的表情。「這隻猛獸居然傷成這樣？對方究竟是怎樣的怪物啊？」

「呿，要不是開頭那一刀……」常清搖搖晃晃的用長槍撐住地面，勉強自己坐起身來，但肩膀和腹部的疼痛又讓他忍不住倒抽了一口冷氣。

十秋按住他毛茸茸的腦袋，「行了，別逞強。安靜一下。」

「……」常清有些不滿的噘了一下嘴，但的確是乖乖的沒再動彈了。

愛麗絲卻沒打算因此停下來，雙眸的眼白已經被身上不斷溢出的黑霧熏得黑透，連原本如大海般澄澈的藍色瞳孔此時也變成了深深的鴿血紅。

手中那把黑色的匕首又化為虛無的影子，瘋狂的舞動著，不一會兒就重新化成一把巨大無比的鐮刀，愛麗絲緊緊的握住刀柄，用力到幾乎要將它嵌入自己的手掌中。

「你們這些騙子……我要殺了你們！殺了你們！」她懸在半空，抬起雙手將鐮刀高高舉起，哭吼著朝眾人狠狠的俯衝下來——

似乎是這時才發覺到愛麗絲的存在，聽到她的喊聲的蒲賽里德頓時愣住了。「這個聲音……」

「殺了你們啊啊啊啊啊！」

他緩緩的抬起頭，「——是愛麗絲？」

在鐮刀的刀尖即將刺入蒲賽里德的前額時，愛麗絲的動作驀的停住了。

蒲賽里德彷彿沒有看到那把近在咫尺的武器，睜大了眼睛凝視著眼前那名全身縈繞著黑霧、早已變得猙獰可怖的少女——

「是愛麗絲嗎？」

那一瞬間，愛麗絲突然像隻受到驚嚇的小兔子一樣收回握著鐮刀的雙手，周身的黑氣也跟著如一群被人驚擾到的黑蝶，紛紛揙動著脆弱的翅膀一湧而起，臉上的戾氣與怨恨也在這飛揚的蝶群中漸漸消逝。

「蒲……蒲賽里德殿下……」

聲音裡甚至滲入了不安與顫抖。

此時的她，僅僅只是一個愛慕著自己夢中的少年的普通女孩，穿著潔白又乾淨的裙子，說著笨拙卻惹人憐愛的話語，眼中布滿了拘謹的羞澀和慌亂。

「蒲賽里德殿下……我……我……」

她連肩膀都開始小小的抽動起來，不知怎的，湛藍如海的瞳孔裡落下了冰晶一樣的淚水。

愛麗絲委屈的抬起那張哭花了的透著紅暈的臉，「我終於又見到你了……」

「……真是的，小白兔都要變成大花貓啦。」蒲賽里德啞然失笑，輕輕嘆了一聲，抬起指尖想擦拭她臉上的淚痕。「想見我的話，我隨時都歡迎啊。」

然而，在他的手指即將碰到愛麗絲的臉龐時，少女卻頓時像是被電流擊到了般，猛的向後縮了幾步。

伸出的手僵在半空，蒲賽里德有些困惑。「愛麗絲……？」

愛麗絲的表情又變了。

原本已經消失不見的黑霧再次從她的軀體裡緩慢散了開來，她齜咧著牙齒，好似非常痛苦，發狠般抱住了自己的腦袋。

「騙子啊……全是騙子……」

「等等……？愛麗絲？妳怎麼了？」

「救救我啊……殿下……」泛出冷氣的黑霧在她身後聚成了一個巨大的漩渦。少女彷彿在竭力抑制住自己的痛苦，臉上的神色變了又變。「好痛苦啊……舊……雕像公園裡好黑……好冷，好痛……什麼都沒有……那裡什麼都……」

黑漩渦越轉越大，愛麗絲的眼白再次變為黑色，瞳孔紅得像要滲出血了一般，原本柔順的蜜色長髮現在卻如同一隻隻從地獄深處伸出來的手臂，在身後張揚而瘋狂的飛舞著。

她再次哭喊著舉起了鐮刀：「……什麼都沒有啊啊啊啊！」

沒有人想到事態居然會再次演變成這樣。

剛剛不是都已經快結束了嗎……為什麼她又……

夏憐歌的腦海裡早已亂成一團。她看著那離自己越來越近的鋒利刀刃，以為愛麗絲攻擊的目標是自己，有些認命的抬起手臂擋在額前。

但是愛麗絲好像已經完全失去理智，開始無差別攻擊了，揮動的鐮刀再次襲向十秋朔月。

「閣下！」

重傷的常清正想起身，而蘭薩特先他一步護在了十秋面前，看到這樣的場景，夏憐歌的身體立刻條件反射的動了，她張開雙臂擋在了蘭薩特身前。

人生最後僅存的時間，倒數開始。

三。

他曾經為自己擋下了重重的一擊，現在大概就是她償還的時候了。即便是要為此賠上她以後的人生，也沒關係了。

蘭薩特在身後怒吼著什麼，夏憐歌已經聽不清。

二。

她原本以為在這短暫的一刻裡，腦海中會重播自己人生中無數以往的細小而溫暖的片段。

然而，其實她現在的腦子裡只是一片空白，僅有夏招夜那溫柔的笑臉如海市蜃樓般隱隱綽綽的浮現。

一。

「哥哥……」

她最後還是沒忍住，眼淚像斷了線的珠子一樣落了下來。

零。

尖銳的刀尖碰觸到夏憐歌的胸膛。

那一剎那，夏憐歌的胸前突然發出了劈啪作響的電擊聲，她還沒來得及反應過來，就看到一道耀眼奪目的白光從自己頸上的項鍊裡迸發而出，隱隱約約的，她似乎看到那道白光化成了人形。

而下一秒，那個不真實的人影立刻消失了，光亮彷彿化開來的白雪，將愛麗絲整個人都包裹了起來。

幽靈少女發出尖厲的慘叫，聲音如同緊繃的鋼絲驟然斷開了一般，震得人腦袋嗡嗡作響。

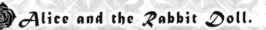

「救我啊啊啊啊殿下——！」

「愛麗絲！」因那刺目的白光而忍不住半瞇起眼睛，蒲賽里德朝被囚禁於光亮中的愛麗絲伸出了手。

少女依舊痛苦萬分的哭叫著，一手捂著腦袋，另一隻手竭力的往蒲賽里德的方向伸過去。就在手指觸著手指的那一瞬間，愛麗絲的身體陡然像摔碎的拼圖一樣散開了。蒲賽里德滯住了動作，又往前傾了一下身子，合攏的手掌握住的卻終究只有虛無。

「嗚嗚……殿下……救救我殿下……」

少女又恢復了原本的姿態，泛著螢火的身影如同開始逝去的海市蜃樓，隨著漸漸消失的白光融化在了空氣中。

唯有那寂寞而又悲傷的聲音，像塞壬魅惑人心的歌聲，又像一縷得不到解脫的魂魄，輕輕縈繞在空曠的事務廳裡。

「救救我……」

散去的白光是代表劇終的幕布。

幽靈少女最後那張充滿了絕望與無助的臉，宛若一塊燒紅了的鐵印，深深的烙在了所有人的記憶裡。

夏憐歌好久都沒有回過神來，等到她聽見身後蘭薩特關切的呼喊時，才頓時像脫去了全身的力氣，緩緩滑坐在地板上。

不知怎的，眼淚忽的就泉湧而出。

◇ ◇ ◇

殿騎士聯盟終於在舊雕像公園裡找到那座染紅了雙手的兔子雕像。

它被埋在公園深處的泥土裡，若不是有搜尋的騎士不小心被它露出地面的兔耳朵絆倒，或許它將永遠被埋葬在那冰冷又黑暗的黃土之下，再不見天日。

確實是如夏憐歌與蘭薩特在夢中所見到的那樣，是一尊破舊到不行的雕像，一身的黴斑與青苔，但是比起兔子本體，它手上提著的巨大鐘錶卻是嶄新得異常。

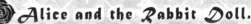

他們將鐘錶打破的時候，發現愛麗絲雙手抱膝，像一個還未出生的嬰兒緊緊蜷縮在裡面，身上沒有任何腐爛的跡象，連雙頰都是淡淡的緋紅色。

她緊閉眉眼，看起來彷彿只是睡著了一般。

帶頭搜尋的蒲賽里德站在那裡，臉上是夏憐歌從未見過的認真又悲戚的神情。

「愛麗絲……」

他半蹲下身子，靠過去輕輕的將吻落在她潔白冰冷的額頭上。

「我找到妳了，愛麗絲。」

◇　◇　◇

蘭薩特單手支頤，盯著放在桌子上的文件好一會兒，雙眉有些不自覺的皺了起來。

他將那疊紙拿起來，若有所思的轉了幾圈椅子，然後目光移到了十秋身上，「朔月，你有什麼頭緒沒……」

結果他話還沒說完，夏憐歌的怒吼霎時如同響雷一樣炸開在他耳邊：「拜託！別亂動啦蘭薩特！傷本來就已經夠多了！如果再扯出一些新傷我照顧你的時間又得延長了啊！」

接著，她惱火的把一盤料理「砰」的一聲狠狠放在書桌上。

「吃飯了啊！該死的病患！」

之前在愛麗絲製造出來的「封閉空間」中，蘭薩特為了保護夏憐歌而弄得渾身是傷，雖然實在是對他不抱有任何好感，但礙於對方確實君子了那麼一回，夏憐歌也不得不擔任起在他負傷這段時間裡的私人專用保姆這個角色。

雖然對她的態度感到不滿，但一看到夏憐歌那氣鼓鼓的樣子，蘭薩特又忍不住揚起眉毛，露出趾高氣昂的表情。「哎，就算我不是為了妳受傷，妳照顧我原本也是天經地義的事好嗎？」

說著，他又用手捏起叉子，挑了挑夏憐歌放在桌子上的料理。

「而且，這是什麼玩意？光看賣相就是貧民吃的東西啊，真把它吃下去的話，會降低我的身分的。」

……在那一瞬間，夏憐歌有種想把蘭薩特從椅子上拖下來，然後朝他受傷的背撒鹽和辣椒的衝動。

等到兩人鬧夠了，一直在電腦上默默敲字的十秋朔月這才抬起頭來，眼裡竟然難得的浮現出了一絲困惑。「沒有，找不到你說的那種毒藥。」

蘭薩特的表情一下子凝重起來。

一旁的夏憐歌有些摸不著頭緒。「什麼毒藥啊？你們在說什麼？」

「愛麗絲事件。」十秋淡淡的回了一句。

「誒——不就是跟蒲賽里德有關的情殺嗎？」夏憐歌誇張的發出怪叫，不一會兒又瞇起雙眼露出了得意的神色。「我的推理果然沒錯嘛，以後請叫我名偵探夏憐歌。」

「得了吧，妳之前還給了我們錯誤的情報，讓我們誤以為愛麗絲是『幻想具現』的產物，直接就把我們的思路複雜化了呢。」蘭薩特冷笑出聲。

過了一會他又嚴肅的板起面孔，「愛麗絲變成幽靈之後，攻擊接近蒲賽里德的女生的行為，的確可以稱得上是『情殺』沒錯，但我們說的是在這之前的事情。」

說到這，蘭薩特的臉色又陰沉下幾分。「妳知道嗎，夏憐歌？根據法醫的檢驗，愛麗絲的死亡時間距離現在已經有一個多月了，但是學院裡卻沒有任何關於她失蹤的消息，這是為什麼？有人在特意隱瞞嗎？如果這事是黑騎士聯盟所為，那他們該掌握有多大的權利才能做到這一點？」

「呃……」夏憐歌一下子啞口無言了。

「那是第一點。第二，愛麗絲死了這麼久，但是她的屍體卻一點也沒有腐爛，是有人在刻意保存她的屍身？還是說，是其他原因造成的？」說著，蘭薩特用鋼筆在文件上一劃，將幾行關鍵句子標了出來。

「……第三，也是最詭異的一點，我們完全查不出愛麗絲的死因。」

「查不出……？」夏憐歌滿臉詫異，眉頭也跟著皺了起來。

蘭薩特「嘖」了一聲，有些煩躁的撥了撥頭髮。

「是的，查不出。愛麗絲一點死前症狀都沒有，身上也沒有致命的傷痕，看起來簡直就像是在睡眠中安穩死去一樣。」

「但如果是這樣子死去的話……那她應該就不會變成怨靈了吧？還一直說著『救救我』……」一想到她周身冒出黑霧時的樣子，夏憐歌就忍不住打了個寒顫。「所以你懷疑是有人下毒？」

「……是的，因為目前看來似乎只有毒藥最能製造出接近的狀況了。」蘭薩特蹙眉，手指抵了抵下巴。「但即便是再怎麼無色無味的毒藥，屍體裡也不可能完全檢測不到殘留物啊，更不可能沒有任何中毒症狀……」

他不禁有些沮喪的托住了額頭，輕輕的嘆了一口氣。「雖然還是抱著最後的希望讓朔月去找找看有沒有這種毒藥了，但果然還是……」

說到一半的話被兩聲清脆的叩門聲打斷，蒲賽里德斜倚在門上，露出了一臉不懷好意的笑容，也不知道他究竟待在那裡多久了。

「有的嘛，這種毒藥。」

「嗯！？」原本垂頭喪氣的蘭薩特突然因為這句話集中起了精神。

蒲賽里德走了進來，擅自拖過一旁招待客人用的貴賓椅，長腿一跨反坐在椅子上，雙手疊在椅背上。「聽說過『鴆』嗎？」

「啊啊，那個傳說嗎？」蘭薩特直起的腰板一下子又頹了下來，他有些興致缺缺的移開目光。「我還以為你會說些更有建設性的東西呢……蒲賽里德。」

夏憐歌倒是一臉好奇，「什麼傳說啊？」

「數百年前一位渾身劇毒的王子……聽說他的血是可以將生物偽造成『自然死亡』的毒藥，因此被當時的人們稱為『鴆』。」蘭薩特顯得有些無奈。「如果是『鴆血』的話，的確可以製造出愛麗絲那種死法，但這只不過是一個傳說，就算是真的，也是那麼早之前的事情了。」

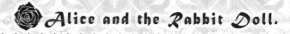

蒲賽里德你就別來添亂了……」

「什麼嘛，我可是覺得這個傳說將浪漫與殘酷很好的融為一體啊。」對方露出了非常厚顏無恥的笑容，一點也沒有反省的意思。「而且還有另外一個說法，說是『鴆血』可以實現別人不老的心願哦～」

「……所以你到底是過來幹嘛的啊？」夏憐歌有些無語。

「噢，差點忘了！」經她這麼一說，蒲賽里德才恍然大悟的敲了一下自己的腦袋。「萬聖節的宣傳片弄好了，拿過來給十秋閣下過過目。」

說著，他從口袋裡掏出一個隨身碟朝十秋遞過去。

看著他一臉笑咪咪的模樣，夏憐歌不知為何總覺得心裡有點不是滋味。

「真是悠哉啊？蒲賽里德。」一個不察，夏憐歌就將埋在心裡的話脫口而出了。「不過才得知了戀人遇難的消息幾天，你這麼快就調整好自己的心態了？」

似乎並沒有想到她會說出這樣的話，蒲賽里德稍微愣了一下。

沉默了半晌後，他才重新笑了起來，「妳是說愛麗絲嗎？她不是我的戀人哦。」

「……誒！？」夏憐歌誇張的大叫出聲，「那……那你對她那麼溫柔！？而且你不是還對愛麗絲說過你需要她之類的嗎！」

「嗯……」像是在思考著什麼，蒲賽里德用手抵住下巴，「我是有這樣說過沒錯啦。但我的意思是想請她幫忙演出一部話劇裡的角色，這話讓妳誤解什麼了嗎？」

說著，他豎起手指在夏憐歌面前搖了一下，「還有，我對女士們一向都是特別溫柔、特別紳士的呢。」

「……」一瞬間，夏憐歌連咆哮的力氣都喪失了。

彷彿回想起了明亮溫暖的記憶，蒲賽里德的眼神又一下子柔軟了下來，連聲音也低下了幾分：「真可惜啊，這一部名為『月亮之歌』的話劇還沒來得及上演，就因為女主角的死亡而落下了帷幕。愛麗絲果然，非常適合這部話劇裡『維朵爾公主』這個角色呢……」

他垂下眼臉，表情被埋藏在無窮無盡的陰霾裡。

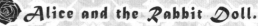

「真是一個充滿了悲劇的角色。」

一旁的十秋把玩著手中的隨身碟，按掉電腦站起身來。「有些地方弄得還不行。走吧，找你那群社員談一下。」

「OK、OK。」蒲賽里德立刻重新揚開笑臉，走到門口時還特意轉過身，朝夏憐歌做了個回見的動作。「那麼下次見啦，可愛的小羔羊。」

聽著兩人漸去的腳步聲，夏憐歌不知不覺的把一直放在口袋裡的花手絹拿了出來。

即便是在成為幽靈之後，愛麗絲依然一筆一劃的寫出了自己對於蒲賽里德的愛戀與思念。

——你給予我跨越大海的勇氣與果敢，你驅逐我心中深處的不安和黑暗。

她的信仰僅有少年一個，然而少年卻將自己的溫柔分給了所有人。

那場殘酷又寂寞的大報復，究竟是針對蒲賽里德，是針對所有接近他的女生，抑或是針對她自己呢？

夏憐歌捏緊了手中的手絹，總覺得有股難以言喻的悲傷從心臟裡不斷湧現出來。

蘭薩特似乎看出了她的想法，托著臉頰輕嘆了一聲：「別想太多了夏憐歌，這事其實也怨不得誰。」

是啊，要怪也只能怪少女的天真與少年的溫柔。

她吸了吸鼻子，將手絹重新疊整齊放進口袋裡。這時，身後的蘭薩特突然問了一句：「說起來，妳的項鍊是誰給妳的？」

「嗯？」夏憐歌低頭看了看自己的胸前，綴著六芒星的鏈子躺在那裡，她的目光瞬間變得安詳起來。「是招夜哥哥送給我的。」

在愛麗絲事件中，它還救了自己一命呢……雖然也不知道那陣白光到底是怎麼回事，但不管怎樣，肯定是哥哥在保佑著自己吧？

「哥哥……嗎？」蘭薩特一副若有所思的模樣。

「有什麼問題嗎？」

「沒有。」說著，他立刻別開臉，拿起桌子上的奶茶輕輕的啜了一口，又看似隨意的問了一句：「需要讓我幫妳保管嗎？」

「才不要咧——！」夏憐歌護住項鍊往後退了幾步，皺起鼻子朝他吐了吐舌頭。「你看起來就是一副意圖不軌的樣子！」

「開玩笑逗妳的呢，那種廉價項鍊我還看不上。」蘭薩特立刻換上一副不屑一顧的臉色。

他的話音剛落，那邊的夏憐歌頃刻如燙傷的青蛙般跳了起來，「道歉！你馬上跟招夜哥哥的項鍊道歉！」

蘭薩特不理她那暴跳如雷的反應，繼續將話接了下去：「而且啊，妳又沒什麼可以讓我不軌的——」

「誰說的啊！在愛麗絲的封閉空間裡你不是——」

不是……不是……不是親了我嗎！

腦海裡驀然出現那個如薔薇花般腥甜的親吻，夏憐歌瞬間僵住了所有的動作，整個人像隻被煮熟的螃蟹從頭紅到了腳。

蘭薩特的雙眼移了過來，恰巧對上夏憐歌那糾結不已的目光，「怎麼？這樣看著我幹嘛？果然還是被我迷倒了吧？」

……誰被你迷倒了啊！

少自戀了你這傢伙！

越是在心底這樣子辯駁，腦子裡的記憶卻越是鮮明，她甚至開始覺得唇上至今還殘留著當時那溫柔又輕軟的觸感。

雖然知道這是想要跟愛麗絲澄清什麼，完全沒有任何私人感情成分，但夏憐歌的心裡還是像開進了一列轟轟作響的火車，嗶嗶嗶響得歡快的汽笛聲幾乎要從她的頭頂上方炸了開來。

偏偏蘭薩特看見此時滿臉尷尬的夏憐歌，還不明所以的問道：「怎麼了妳？真的迷上我了？」

夏憐歌一個惱羞成怒，隨手抓起一個抱枕砸向他，吼叫像地對空飛彈一樣飛出去——

「去死——！蘭薩特你這個混蛋！」

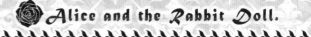

招夜哥哥，難道我的青春就這樣子展開了嗎——？
夏憐歌望著落地窗外那向著藍天飛翔的海鷗，幾欲淚流滿面：這樣子的青春，根本不要也罷吧？

《少女騎士の薔薇殿下．愛麗絲與懷中人偶之祭》完

敬請期待更精采的《少女騎士02》

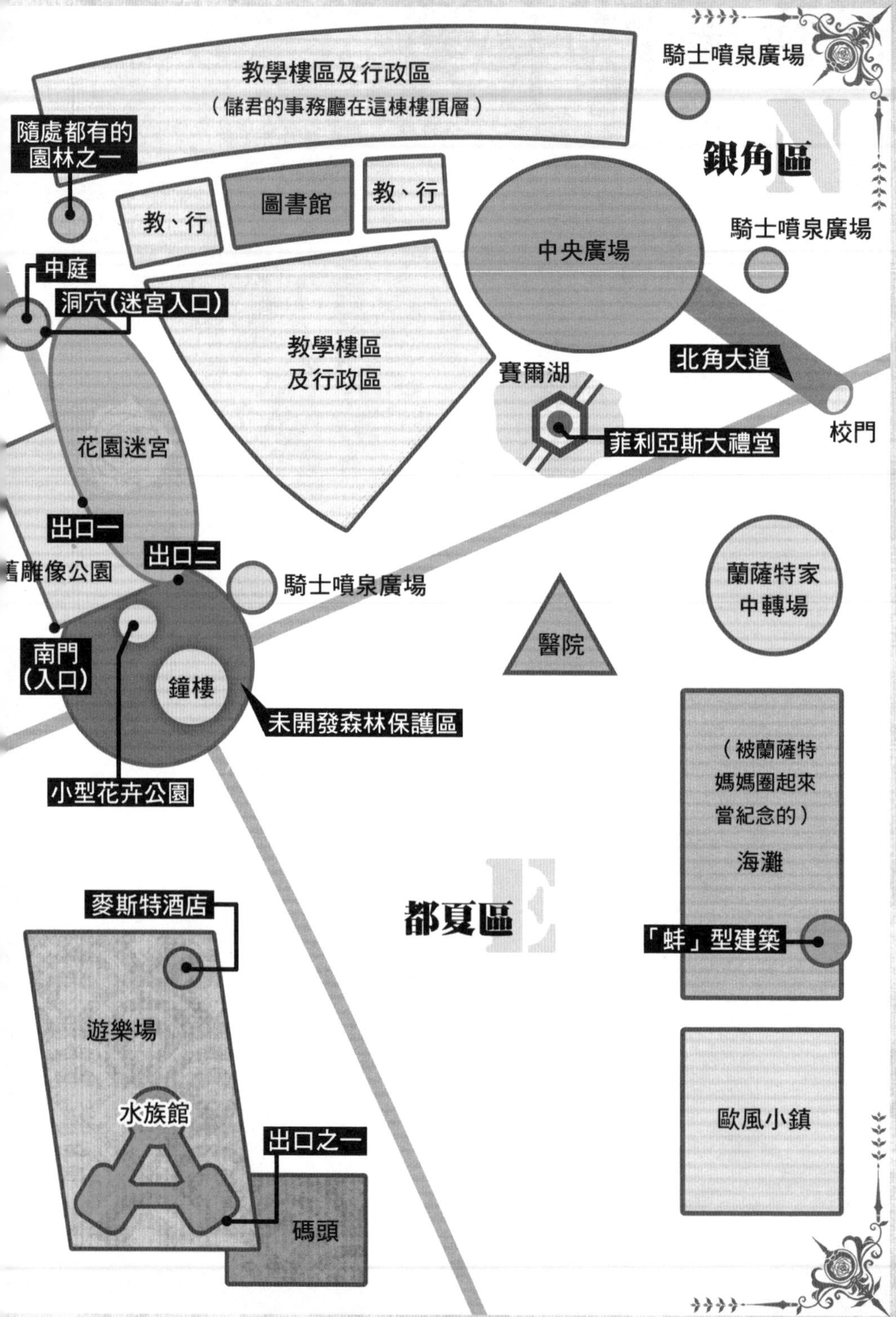
教學樓區及行政區
（儲君的事務廳在這棟樓頂層）
騎士噴泉廣場
銀角區
N
隨處都有的
園林之一
教、行
圖書館
教、行
中央廣場
騎士噴泉廣場
中庭
洞穴（迷宮入口）
教學樓區
及行政區
北角大道
賽爾湖
菲利亞斯大禮堂
校門
花園迷宮
出口一
出口二
雕像公園
騎士噴泉廣場
蘭薩特家
中轉場
南門
（入口）
醫院
鐘樓
未開發森林保護區
小型花卉公園
（被蘭薩特
媽媽圈起來
當紀念的）
海灘
E
都夏區
麥斯特酒店
「蚌」型建築
遊樂場
水族館
出口之一
歐風小鎮
碼頭

薔薇帝國學院平面圖

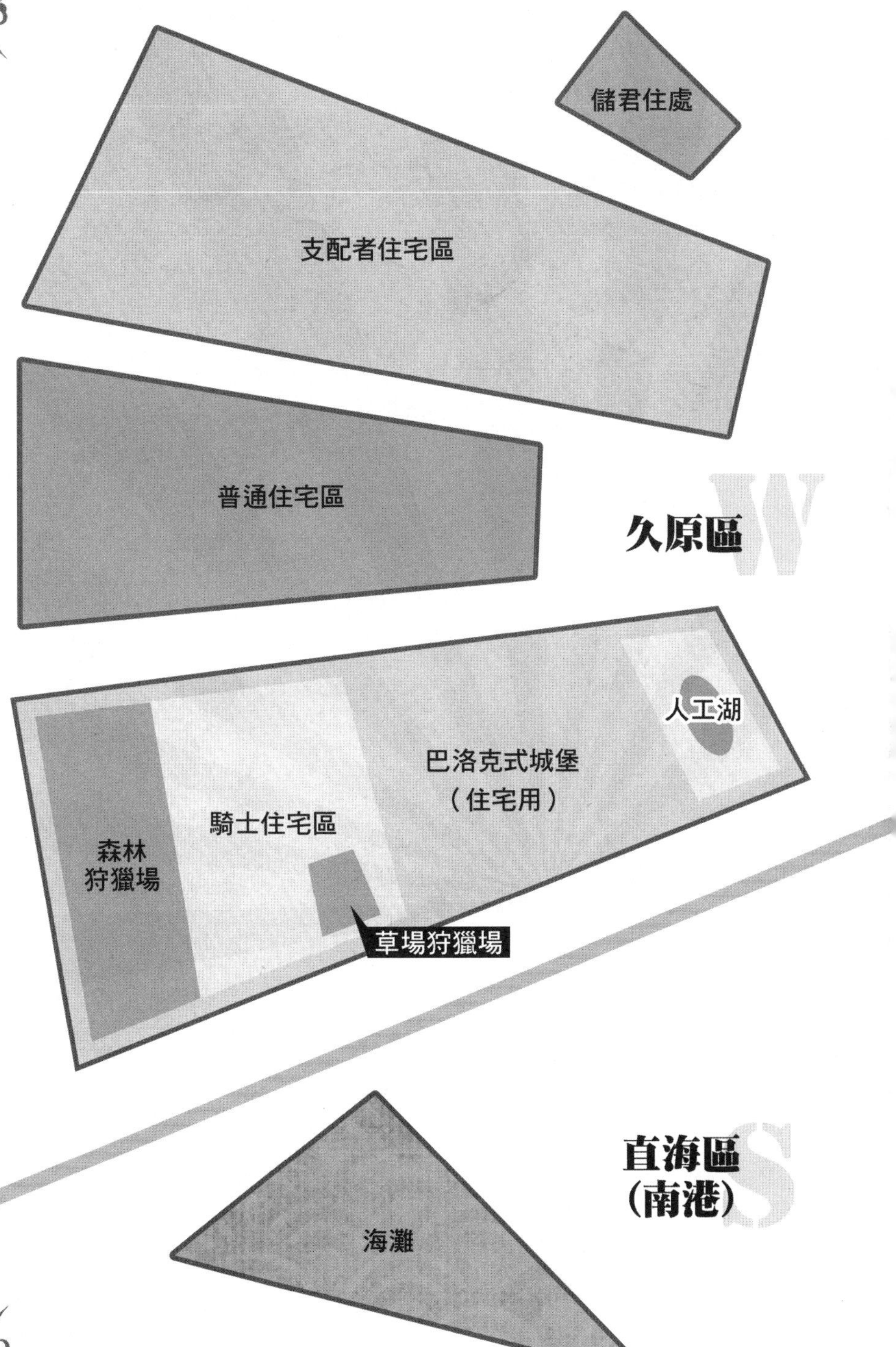
儲君住處
支配者住宅區
普通住宅區
久原區
W
人工湖
巴洛克式城堡
（住宅用）
騎士住宅區
森林
狩獵場
草場狩獵場
直海區
(南港)
S
海灘

飛小說
2013典藏
原創小說
天穿醫號
圓不破
Welkin
一個穿越，她從平凡的幼稚園老師，
變成大雍王朝的天才神醫。
天醫準則
梅花神針在手，可救痼疾久病者；
雙手紅痣在握，可醫白骨活死人。
但她——統統都不會！
炮灰女配+野人少年
看她如何馴獸、踏上天醫一途！
全套七集．全省各大書店、租書店、網路書店持續熱賣中！
典藏閣
華文聯合出版平台
www.book4u.com.tw
采舍國際
www.silkbook.com
不思議工作室_
立即搜尋
版權所有© Copyright 2013

緊急報導!!! 創世時報 特別刊
飛小說。
We Love Easyfly.
禍亂創世紀
PART II
角色全面更新
任務難度升級
神魔大戰
Are You Ready?
一觸即發!!!
10月
《禍亂創世紀》第二部
即將重新席捲而來！
第一部全6集，全國書店、租書店、網路書店好評熱賣中！
華文聯合出版平台 www.book4u.com.tw
不思議工作室_
立即搜尋
典藏閣
采舍國際
www.silkbook.com
版權所有© Copyright 2013

飛小說。
We Love Easyfly.
EVIL SOUL
少年魔人傳說
邪貓靈/文 Lyoko/圖
不思議．新都市傳說——
一份謎樣的遺書，
兩個命運相依的少年，
三起連續殺人案……
究竟是傳說中的魔人現身？還是凶手另有其人？
當急驚風的天兵犬少年遇上慢郎中的貓男偵探
一個讓人驚聲奸笑的神祕都市傳說，正式開幕！
全套三集，全國各大書店、租書店、網路書店持續熱賣中！
01謎樣的遺書
02都是情書惹的禍
03與魔女有約
華文聯合出版平台 www.book4u.com.tw
不思議工作室_
立即搜尋
典藏閣
采舍國際 www.silkbook.com
版權所有© Copyright 2013

飛小說系列 062

少女騎士 01

少女騎士の薔薇殿下

出版者■典藏閣
作　者■夏澤川　　繪　者■MO 子
總編輯■歐綾纖
製作團隊■不思議工作室　　代理出版社■廣東夢之星文化
郵撥帳號■50017206 采舍國際有限公司（郵撥購買，請另付一成郵資）
台灣出版中心■新北市中和區中山路 2 段 366 巷 10 號 10 樓
電　話■(02) 2248-7896　　傳　真■(02) 2248-7758
物流中心■新北市中和區中山路 2 段 366 巷 10 號 3 樓
電　話■(02) 8245-8786　　傳　真■(02) 8245-8718
ISBN■978-986-271-364-8
出版日期■2013 年 8 月
全球華文國際市場總代理／采舍國際
地　址■新北市中和區中山路 2 段 366 巷 10 號 3 樓
電　話■(02) 8245-8786　　傳　真■(02) 8245-8718
新絲路網路書店
地　址■新北市中和區中山路 2 段 366 巷 10 號 10 樓
網　址■www.silkbook.com
電　話■(02) 8245-9896
傳　真■(02) 8245-8819

☞您在什麼地方購買本書？☜

1. 便利商店（________市／縣）：☐7-11　☐全家　☐萊爾富　☐其他____________

2. 網路書店：☐新絲路　☐博客來　☐金石堂　☐其他__________

3. 書店（________市／縣）：☐金石堂　☐誠品　☐安利美特animate　☐其他______

姓名：__________ 地址：______________________________

聯絡電話：______________　電子郵箱：______________________

您的性別：☐男　☐女　　您的生日：西元________年________月________日

（請務必填妥基本資料，以利贈品寄送）

您的職業：☐上班族　☐學生　☐服務業　☐軍警公教　☐資訊業　☐娛樂相關產業

☐自由業　☐其他__________

您的學歷：☐高中（含高中以下）　☐專科、大學　☐研究所以上

☞購買前☜

您從何處得知本書：☐逛書店　☐網路廣告（網站：____________）　☐親友介紹

（可複選）　☐出版書訊　☐銷售人員推薦　☐其他________________

本書吸引您的原因：☐書名很好　☐封面精美　☐書腰文字　☐封底文字　☐欣賞作家

（可複選）　☐喜歡畫家　☐價格合理　☐題材有趣　☐廣告印象深刻

☐其他________________

☞購買後☜

您滿意的部份：☐書名　☐封面　☐故事內容　☐版面編排　☐價格　☐贈品

（可複選）　☐其他

不滿意的部份：☐書名　☐封面　☐故事內容　☐版面編排　☐價格　☐贈品

（可複選）　☐其他

您對本書以及典藏閣的建議____

____

____

✌未來您是否願意收到相關書訊？☐是　☐否

✎感謝您寶貴的意見✎

印刷品

$3.5
請貼
3.5元
郵票

235 新北市中和區中山路二段366巷10號10樓

華文網出版集團　收

（典藏閣－不思議工作室）

少女騎士の薔薇殿 下

夏澤川 著

MO子 繪

飛小說。
We Love
Easyfly.